蔡文甫作品集 06

霧中雲霓

蔡文甫◎著

目錄

有根有本的向陽花木

——寫在《霧中雲霓》出版之前

王鼎鈞

《霧中雲霓》是蔡文甫先生的第六本小說集，是他來台寫作第二十年的重要成績。我一向愛讀他的作品，並且熟讀他的作品，因而被畀予寫這篇序文的資格。但是，一旦提起筆來，實在覺得千言萬語，不知從何說起。

文甫先生熱愛寫作，勤苦不輟，多年以來，他的小說先後表現了各種不同的風格；起初，描寫細膩，用冷漠而嚴肅的態度刻畫人物，有濃厚的寫實色彩；後來，致力打破傳統的格局，變換語法詞性，著重心理解析，被列為「現代小說」作家之林。其間偶然也曾編織情節，馳騁想像，引人入勝而略近浪漫。現在，如《霧中雲霓》所輯入的各篇，緩緩自然，微帶諷嘲，避免嚴重悲劇，常寓勸善之意。他的作品，顯然邁入另一里程，展現了新的境界。至於文筆質樸，結構嚴密，是他一貫的特色，至《霧中雲霓》已是圓滿成渠。

從字面看《霧中雲霓》四個字，它空靈高遠，迷茫恍惚，使人以為這本書所寫的是成人的兒語，人間的神話。這是文字的沿襲的用法使我們產生了固定反應。現代小說作者常常企圖推翻這種固定反應。事實上，這本小說集裡面所收的作品，篇篇明朗結實，既無玄虛，也不詭奇。故事的背景，都是你我每天親歷的地方；故事中的角色，都是大家熟悉的人物；故事內所包含的衝突，也都是人人可能遭遇到的問題。只是一般人平時忽略了、遺忘了，或者把它庸俗化、醜惡化了，必待小說作家用藝術手腕加以點化、放大、照明。這正是文甫先生的事業；他寫的小說從真實的人生中提鍊材料，是有根有本的向陽花木。這樣的作品除了有藝術上的表現功能以外，還有紀錄的功能，為這個時代的中國人留下另一種紀錄，歷史以外的紀錄，使後代中國人能探知前代的心靈脈搏。這是一樁了不起的工作。

浮生如霧，構成那虹彩的，其中有藝術的光芒。霧有濃有淡，虹霓可望可即，無論是作者、讀者，能在這一境界中生活，也就不虛度光陰了。

蝕本生意

一切準備妥當：敞廳內席面縱橫成行，帳桌、簽名綢……慶祝新廈落成的項目應有盡有。臨時搭蓋的廚房裡蒸煎炒燉，香味配合著叮噹響的鍋碗瓢盆，陣陣噴溢。打雜的臨時僕役穿梭進出，烘托了熱鬧和瑞慶氣氛。

何遜光反剪兩手，昂首挺胸的大步踱量在酒席行列中，內心埋怨老天不幫忙：昨兒風和日麗，現在突地寒流猛襲，銳而厲的冷風，搖撼這新建的鐵皮屋頂和板壁，似乎隨時有被掀倒的可能；即或不被吹垮，而半空的烏雲愈堆愈厚，大雨即將降落，來的賓客勢必大打折扣，那樣慶祝的目的無法達成，還要賠蝕老本。

何理事長倒抽一口冷氣，抬起手腕看錶：五點整。距離約定的入席時間還差一小時，客人當然不會早到。才擺了三十桌酒席，憑他近來的「行情」，必然是桌桌滿座。

略一回顧，便隱約地覺得紅布面桌旁，盡是被熱酒蒸紅臉龐的嘉賓貴客。

這樣一想，心頭又活絡起來，急速旋身，震粗嗓門大叫：「德深，德深！」

聲音剛落，德深便從板壁圈起的小房間縱出，兩隻手指扶著眼鏡框問：「爸，什麼事？」

父親仍嫌兒子的動作不夠伶俐、迅捷，先用責怪的目光在德深的外表檢查；隨即厲聲指責：「你還不快換衣服！」

「我這身衣服挺乾淨、挺整齊——」

「胡說。」父親用手勢切斷話題。「這式樣又舊，質料又差，怎能見人——你知今兒來的都是些誰！」

「知道！都是這兒有地位的……可是，他們……他們不一定……不……」

「『不』怎麼樣！」父親體腔中的火焰升騰。「你說他們不會來？」

德深似乎被氣勢逼得連連退卻，支支吾吾地說：「如果他……他們有……有空，當然會……會來。」

「誰說他們沒空！」

「大家都忙嘛，誰願意爲了這點小事，冒著風雨來這鄉下……」

諒是父親突變的面色，嚇斷兒子盡情傾瀉的言語。可是，德深眞的聽到了什麼，才這樣判斷下結論？

何遜光退後一步，隨即憶起德深當初就反對今天的慶祝。他認爲這只是爲三部卡車建築的廠篷，而不是結構輝煌的巨廈，沒有理由要驚擾遠近的親友和地方上的士紳。

父親反問：「不管是車棚還是大廈，我們請大家來喝一杯，難道是錯了？」

「大家會說我們小題大作，有『打秋風』的嫌疑。」

何遜光表面搖頭，但內心暗自竊笑兒子的天眞。「慶祝新廈落成」的目的，就是想藉機撈幾個子兒，平時他東送禮、西應酬，賠了不少；今天有這新鮮題目，怎好輕易放過。如此的處世哲學，不便和剛跨出大學門檻的德深細說；說了他也不會接受，唯有讓兒子從實際的生活中去歷練和體驗。

兒子既然講到問題的核心，他必須找出充分的理由說服。父親委婉地問：「你不知道爸爸的身分有了改變？」

德深雙目瞪視父親面龐，喉骨連連移動，彷彿有不少話都被唾液嚥下肚皮，無法出口。

何遜光確有點光火。兒子變做道地的書蠹蟲，除了啃書本，像是從沒理會父親的事業和發展。上個月他當選上了運輸同業公會的理事長。十五位理事集資合送他一件禮物（木框裡嵌了三隻銅馬，馬首前鐫刻了兩行頌詞，木框外披上紅綢，顯得鮮豔吉祥），頂多值一百五十元，他卻進城去第一流的觀光飯店，包了兩桌酒請大家暢飲，花了四五千。吃完結帳時，身上熱呼呼的血液，彷彿從帳單割破的創口噴湧而出，幾乎暈倒在帳桌旁。

那三匹銅馬仍懸於客廳牆壁，德深雖有八百度近視，也不該忽視爸爸半生血汗凝結的榮譽，要仔細鑑別，應衷心膜拜才對，怎能漠然無知。

「我當了理事長，」父親乾咳兩聲，仿照開會時「主席致詞」的聲調，一字一頓的對兒子訓誡。「光請幾位理事是不夠的，必須邀請全鎮、全縣，甚至全省的大人物來喝一杯，才配得上我的名望和地位——」

兒子的眉梢連連聳動。「爸，別說了，我全知道了。我們自己建車棚，和別人有什麼關係？為什麼要吵擾大家。」

父視確無法說服頭腦清晰的兒子，幸當時有老友江法海當場幫腔，才把德深反對的論調壓制。江法海背後還軟勸硬說，兒子才答應幫忙料理。何遜光知道兒子口服心不服，所以在客人即將來臨前，仍穿著這身窩窩囊囊的服裝；同時還找出理由，說是客人太忙，都不來赴宴……

肥胖的何遜光瞿然心驚，每個客人都和德深有相同的想法，或是德深把自己的見解撒播於每位親友，大家都不「光臨觀禮」（請帖上是這樣寫的），這三十桌筵席怎麼辦？誰吃？誰付錢？

「不管客人來多來少。」父親覺得兒子在緊要關頭潑冷水掃興，又荒謬、又胡塗，便賭氣地大吼：「你一定要換上最挺最新的衣服，幫我接待貴賓！」

兒子踉蹌地後退，差點跌倒在滿是杯盤碗筷的圓桌旁，慌急辯駁：「招待是由妹妹負責的！」

「一個德蘭招待得了？」

德深迅捷地向前量了一大步，「爸忘了？她班上同學都要來——」

沒有忘記，頂苦惱的事總會纏繞黏膩在思念間。本來只需要把女兒的同學請來十個八個，負責簽名、收禮、接待等簡單工作。德蘭起初不同意爸爸的構想，認爲同學們不願「屈就」這份差事；誰知去學校一嚷嚷，全班同學都爭先來湊熱鬧，不肯落後。經過熱烈討論才決議：每人贈送五元，集資訂購銀盾一座爲祝賀禮物。全班四十八位同學，是招待也是賓客。

父親聽完德蘭的報告，哭笑不得，那麼多年輕女孩子來捧場，固然可喜；但用六桌酒席宴請這些招待，確是一筆不少的支出。念及這筆費用就痛心，怎會輕易忘記。兒子用這理由做擋箭牌，就躲在房內不出頭，想專由妹妹的同學招待客人？

「招待是另一回事，」父親不以爲然地搖頭。「趁今天這機會，我要把你介紹給大家，你已大學畢業，該到社會上見見世面了。」

「不要。」兒子碎步後退。「我怕見那許多生客！」

何遜光得意笑道：「不必怕，都是些伯伯叔叔；爸爸的事業就是獨自闖出來的，你有人帶路還怕什麼？」

「不……不是，不是這個意思。我怕這場面，『打秋風』的場面，多不好意思。」

「去吧，傻瓜！」父親內心雖對兒子的愚蠢感到不滿，但面部仍露笑意。「快換衣服！看，客人已經來了。」

來的是送禮物的專差。坐在帳桌上的兩位臨時帳房開始忙碌，一人拆封，一人登記。因爲這是第一位嘉賓，何遜光也湊上前去，用一種既欣喜又得意的心情，急於知道是什麼人，送的是什麼名貴禮品。

很失望：是最高級的地方首長，送來一幅紙立軸，上面題了「金玉滿堂」四個歪歪斜斜的大字。這是人家的敬賀之意，得收下，還要排在正廳中央。

送禮的人看著他們忙碌：登記、拆封、張掛、塡發領謝紅帖，卻沒有離開的意思。

帳房張胖子悄悄問：「留他在這兒吃飯？」

理事長火急地搖頭。

另一位矮個子帳房阿陶挨近身旁，「我們要開力錢？」

「當然。」張胖子忙替他做決定，接著徵求意見：「付多少？」

這可難決定了，紙質立軸頂多値五元，可是送這位專差五元，不嫌太寒傖？爲了表現氣派，當場決議：最起碼十元，再按禮物貴賤和路程遠近照比例增加。

張胖子從側面提醒他，沒有交下付力錢的零用金。

想到這兒，肝火又猛烈上升。根本就沒有這項預算。原以爲各方送來的都是禮金，此刻錢財滾滾的流進，哪兒還會有支出。現在只有硬著心腸，從內衣口袋中掏出最後一小疊鈔票，塞進張胖子手內，裝成毫不在意的口吻。「先記一下，等會兒一齊算吧。」

陸續的有送匾額、花瓶、對聯、穿衣鏡……等禮物，卻沒有一個送現金的；更奇怪的是，都是派人送來，沒有一個賓客親自「光臨」道賀。

何遜光安慰自己，現在才五點半，沒有到正式宴會時間。這是正式大典前的序幕，接著便有大批賓客擁到，無數禮金塞滿帳桌，今天熱鬧場面的開支全部可以抵銷，除非是大雨從黑雲間傾倒在頭上。

走出大門瞻望遙遠的天邊，冷風仍使勁地呼嘯，樹葉拖著樹幹頻頻扭擺；雲層雖低而濃，但仍無半絲雨意。何遜光的心波停止蕩漾，平靜了片刻。

倏地，他從公路盡頭，瞥見一輛大型的豪華遊覽車，直向這山腳駛來。還沒想通是怎麼回事；在車身轉側時，便見車旁有大幅紅布，上面寫有「祝賀新廈落成專車」字樣。

理事長的又驚又喜心情還沒穩定——不知是哪兒來的貴賓，約定湊齊同來，這確是出奇的壯舉——便聽到遊覽車內噴擠出和諧的女高音，向這新廈滾進。

迷糊的意識突然醒悟，這是女兒的同班同學包了一輛遊覽車來作招待。這比坐計程車要便宜得多；但她們是學生，可坐公共汽車。如果德蘭早點跟他說，公司裡有的是卡車，又省錢，又省事，接她們來這兒，不是皆大歡喜？

遊覽客車停在門前，女兒首先跳下車，衝向門前，對皺緊眉頭的爸爸說：「全班同學都來了，一個不少，剛好一車。」

「車子是大家出錢包的？」爸爸急於要知道自己吃了多大虧。

「大家要我僱的。」德蘭諒已看出父親的臉色不對。「我是主人，應該供給交通工具——」

「妳不知道公司裡有三部卡車！」

「……那是運煤的呀。」

「乘客人時可以洗乾淨，何必花那許多冤枉錢！」

女兒翹起嘴唇，把不滿意全堆在臉上。「卡車又髒、又破、又沒頂篷；今兒的風又這麼大，怎能坐這些漂亮小姐……」

話沒說完，成堆成簇的高矮肥瘦、紅黑藍綠的女孩，嘰嘰喳喳、嘻嘻哈哈的像魚群游來圍在他的四周。祝賀聲和恭喜聲夾雜在老伯長、老伯短之間，理事長無法板起面孔教訓女兒，只好張起笑臉，歡迎她們，請她們幫忙招待賓客。

女孩子們竄入滿擺著酒席的大廳，顧盼不到賓客，便互相招呼，沿著牆邊的一列席面，順序坐滿六桌。

何遜光雖然感到痛心，但還裝出笑容，周旋在女賓四周。因爲整個大廳，再沒有其他客人，找不出理由迴避她們。

她們問：「飯吃完了，是不是接著開舞會？」

何遜光捺著性子說：「事先沒有這樣安排。」

「為什麼不在吃飯時宣布？」

「今天來的男客，都不會跳。」

「不要緊，不要緊。我們全跳『阿哥哥』，大家一看就會。」

理事長眞想臭罵這些小妮子一頓。他今天邀請的賓客，都是有身分、有地位，也是上了年紀的人，怎能和妳們小孩子跳「阿哥哥」！

還沒從心底搜索到駁斥的理由，帳房張胖子連聲高叫：「何理事長，何理事長……」

他迅捷邁向帳房。原來他付的一疊鈔票，全開了力錢，一文現金未收到。此刻又有專差送來禮物，無錢打發，所以張胖子向他要零用金。

抓耳搔腮，面紅脖子粗，想不出應急的辦法。身上雖然擱著支票簿，但這時銀行已休息；而且送禮物的工友，不能在這兒盡等。

一陣汽車喇叭聲，被冷風捲起攢進大廳。他猛抬頭，見計程車內跳下的，正是老朋友江法海。

他彷彿見到救命恩人，逼緊呼吸躍近老友身旁，迫不及待地問：「有現款嗎？」

江法海揚一揚右手擎起的飽滿的黑皮包：「要多少？」

確使他很感激「雪中送炭」的情誼。江法海也是運輸同業公會的理事，競選理事長時，差一票被他擊敗。但是風度很好，說服全體理事贈送三匹銅馬，給他做紀念。這次又提議他慶祝新廈落成；而他的寶貝兒子反對，又是江法海勸諭說服，德深才乖乖地爲爸爸印請帖、發請帖。現時他最需要金錢，江法海卻毫不猶豫、吝惜。

何遜光大聲興奮地說：「愈多愈好！」

江法海把皮包擱在帳桌上，熟練地打開搭扣，扯開拉鍊，把兩厚疊鈔票抓出，送在何遜光手上，用商業口吻問：「是暫借，還是掉換？」

理事長雖覺老朋友的問話，沒有剛才那樣溫暖、夠意思；但爲了不願在兩位帳房和送禮的工友面前坍台，忙從上衣胸袋內抽出支票簿，在江法海面前揚了揚。「是多少？」

「兩萬。」

塡妥的支票撕給江法海，便感到後悔。老朋友該借錢給他，不必要支票，他自會歸還；而且這次慶祝新廈落成的玩意兒，九成是江法海慫恿，一成是自己的本意；眼見他賠本、輸光了，便搶著要支票，這還算朋友？

江法海把支票輕易地丟進皮包，滑溜地拉起拉鍊；再轉頭對主人說：「很抱歉，我另外還有個應酬，要先走一步。」

「不在此地喝一杯？」

江法海的目光飛快地在大廳掠過。「謝啦，下次來叨擾——今兒女賓不少。」

主人心裡又痛又癢，咬了咬嘴唇，見江法海已轉身向外走，沒有送禮的意思，便急忙喊住：「這樣大的盛會，不簽個名！」

老朋友慢吞吞抓起筆，在紅綢上七零八落畫上攞手蹺腳的「江法海」三個歪字，彷彿表現了滿肚子的不情願。拋下簽名筆才說：「很抱歉。我訂做一個鏡框，但玻璃店不守信用，到今天還沒做好。」江法海又打量四周掛滿的屏聯對幛，得意地笑道：「我早就知道，今兒送來也無處掛，還是免了吧！」

客人鑽進計程車，何遜光才想追問江法海，怎料到今兒送的禮物多？鏡框既然沒做好，可是你皮包中的現款呢？早知他是如此的吝嗇，寫支票時便扣下一千或兩千……

這只是一陣玄想，天下絕無強迫別人送禮的道理；何況計程車已遠颺，空想何益，還是招待客人吧。

客人陸續湧進，均滿口讚頌，說些吉慶恭維的話。最初聽了，覺得身心飄飄然；但每位來賓重複又重複，便感到膩厭、悶塞，急思由德深以及德蘭的同學們來分擔重壓。扭轉軀體，便見兒子在六桌女招待間巡迴；女賓們一會兒拍手，一會兒摸頭髮、抓耳朵……似在做團體遊戲，根本忘記了本身的任務。

理事長輕噓了一口冷氣，不想去喊叫那班大孩子；突然覺得勁烈的寒風，要撲倒這不堅固的車棚。如果這「新廈」倒塌了，將有怎樣的尷尬場面，客人們又是怎樣想法。

趁來賓間斷的空隙，張胖子湊近身旁悄悄說：「眞怪，今兒的客人，像是預先約定的——」

「這是怎麼說？」

「大家都送不值錢的東西，沒有人送現金。從我們帳房的觀點來看，今兒虧本太大了。」

有如利劍刺中要害，感到臉發燙、心猛跳，正無話可對。矮個子阿陶大叫：「老張，快來記帳，送現金的來了！」

二人全往帳桌邊跳躍。阿陶搶著說：「『限時送現』二十元，還有一封信。」

主人忙伸手打開信紙，見歪歪斜斜寫著：

遜光老兄：

您眞客氣。請帖上既懇辭現金，又限制禮品的錢數最高額；所以我想不到買什麼禮品，只好折現二十元，違命之處，請原諒……

何遜光沒看完，便覺得信上的字跡，有如一方方、一塊塊玻璃匾額，砸向自己腦門。呼拉拉風聲，剎那間摧毀這不牢固的車棚；敞廳裡的酒席、人影，似已歪曲變形，他不知身在何處，彷彿已陷落在鋸齒圍裏的桎梏中。

他略一定神，從迷離情境中掙扎而出，掉轉肢體箭步邁向兒子身旁，喘急地問：「我們發的請帖，有沒有剩餘的？」

德深惶惑地瞪住父親。「也……也許有……現在還要補……補發？」

何遜光拖著兒子進入小房間，逼著德深找剩餘的請帖。兒子雖然滿肚子懷疑和不滿，但還是在一堆講義中，找出了兩份。

他打開檢查，見正是自己擬定的原稿付印的；但目光一滑，見最後有橡皮印章加了一行

附註：現金懇辭，如蒙賜贈禮物，請勿超過二十元。

父親猛拍桌面，手指這行字問：「這是誰的主意！」

「是江伯伯要我加上去的。」

果不出所料。何遜光的怒焰騰空，像要焚燬這「新廈」，忿聲叱責：「你是誰的兒子！」

德深愣了一會兒，把眼鏡抹下又戴上。「爸爸，您知道：我原來是反對『打秋風』的。後來江伯伯提議加這幾句話，說這樣可以表示爸爸的慷慨和好客，會贏得所有親友的好感。下次競選理事長，爸爸又可以連任——」

何遜光用堅決的手勢，割斷兒子的話句。他本想告訴德深：你是個傻瓜，受了江伯伯的耍弄，到現在還沒領悟——隨即想到自己和兒子一樣是傻瓜，爲了想賺幾文，同樣受江法海的捉弄。兩人比起來，究竟誰更傻呢！

父親癱瘓在圓背木椅上，嘶啞地發命令：「你快點出去招待客人吧！」

兒子旋轉身軀走出時，連連伸舌頭，他裝著沒有看到，要在這兒靜心休息，培養精神；絕不能讓男女賓客看出他所受的打擊，要用歡笑遮飾自己的敗北，使人人覺得他慷慨、好客……

——一九六八年四月十五日《中華副刊》

煤氣·霉氣

是烏雲遮蓋紅日了？整個寫字間突地陰暗、沉寂、冰冷。何培啓猛抬頭，見老闆娘金太太搖擺著身體，大步跨進煤氣商行的大門。

會計陸小姐，正和跑外務的張先生談笑得起勁，像一串珠子斷了線，話聲和笑意撒落滿堂，一時收不攏，仍叮叮噹噹溜著滾著……陸小姐的手指急速在算盤珠上翻飛，而張先生抓起那枝黃桿原子筆，在桌前揉皺的紙上塗啊抹啊沒個完；但這些掩飾的舉動，沒逃過金太太骨碌碌地圓而小的眼睛，她兩手反插腰桿，站在屋中，斜對著陸小姐問：

「昨兒的帳結好了嗎？」

「好嘍！」陸小姐側轉脖頸，兢兢業業地回看著老闆娘，似乎在問要不要立刻過目。

「拿來我看。」老闆娘衝往自己的七斗長辦公桌，氣吁吁抓起一塊絨布擦抹桌面；這動作彷彿在說，這地方就不能離開我；我不在這兒，人全不管事，桌子沒擦，帳目沒有算，店員沒人管……

何培啓仍對著話筒哼哼唔唔，應付客戶的嘮叨。顧客永遠是對的，他這個業務經理，不得不爲送貨工人、收帳的外務員……陪小心、說好話，但爲什麼要接受老闆娘冰冰冷冷的面孔。

老闆娘自己經營一家百貨公司，沒有時間兼顧這小商行，才要他來負全責，進貨、出貨、帳目收支、人員調配等等都是他的職權；可是來到這行裡三天，和當初談定的條件不一樣——任何事都得管；而老闆娘會指示他、支配他、斥責他……感到在衆人面前抬不起頭，喘不過氣來。

現在又有那種窒息的感覺了。陸小姐把日報表送到老闆娘面前，又多說了一句話「在結存的數目裡，何經理拿了兩百塊。」

「爲什麼？」

「預付運貨車錢的……」

電話機那頭的聲調已緩和得多，他只要隨便說兩句抱歉、對不起之類的話，就可以掛斷電話，平息這場紛爭；但他爲了遮飾窘態，仍裝著細心聽客戶訴說——聽會計和主人爭執。

老闆娘爲何要如此查問？僅是兩百塊錢，値得大驚小怪，何況他是爲公司才這樣做。運貨的汽車司機開口借錢，怎能不借；如果司機搗蛋，貨物會破損、遲到、錯誤……這都是她告訴他的，還需要什麼解釋。

也許她是怪陸小姐和張先生在工作期間談笑，因此藉題發揮。老闆娘的丈夫，患半身不遂，癱瘓三年。她嗓門很寬，走路一蹦一跳像在海灘上的明蝦，顯出精力旺盛，無處發洩；從她的言語、態度，都強烈地顯示：不願意看到年輕男女在一起。是妒忌，還是心中另有潛在的動機、不明的願望？

「那我不管，」老闆娘的聲音特別響亮，塞滿了屋中每個角落、每個人的耳朶，包括耳機在內。「要交出兩百塊來！」

「可是，可……是——」會計小姐囁嚅著不知如何回答，連連用筆桿敲擊著玫瑰色的掌心。

聽筒裡似乎作結論了：「如果你們以後再這樣對待顧客，我們就另想辦法——」

「隨你們便！」何培啓大聲地對著話筒咆哮。

「什麼？你們不在乎我們這家顧客！」

「當然不在乎。」

「好！」

對方摜下話筒的聲浪撞擊耳鼓，他也猛地摔下，聽筒在話機上咕嚕了一陣才慢慢靜止。

何培啓從座位上撐著桌角站起，旋轉身，在上衣口袋內掏出一疊鈔票，數了兩百元，放在老闆娘面前的日報表上，再把剩餘的錢，塞進袋內。

他覺得意思仍不夠明顯，又加了一句：「錢在這裡，兩百塊，一文不少。」

然而，老闆娘的目光沒有落在錢上，只是定定地看著他面孔。「是哪一家？」

「華江染織廠。」

「什麼！」金太太兩隻眼睛瞪得比菸灰缸還要大。「那是我們最大的主顧，你說不在乎？」

是妳的主顧，不是我的主顧，爲什麼我要在乎。妳要和我分得那麼清楚；我不能做兩百塊錢的主，還爲妳爭個什麼天下。誰還願意爲妳受氣、挨官腔。但這些說不出口，只能直愣愣看著她：「對方欺侮人，我又有什麼辦法。」

「忍耐啊，我不是跟你說過，要忍耐，一百二十個忍耐。」

陸小姐抓到撤退的好機會，已回歸座位，撥動算盤珠子嗶里剝落響。讓這湊不攏、打不碎的尷尬場面，留給他處理、應付。

何培啓退後一步，感到四周冷而澀的空氣冰凝著身體無法轉動。金太太竟當著職員的面搶白他、教訓他。他是要忍耐的；但這情況長久下去，怎受得了？這已不是第一次了。

第一次是爲了一輛摩托車。他的工作時間好長。早晨九點上班，中午不休息，晚上十點半，有時到十一點才能離開。那是爲了顧客的需要，他不得不留下接電話、記地址……連星期假日也不例外。所有的交際應酬都剝奪了，像是被縛在樁上的水牛，沒有生活，更沒有自由。

禮拜天的下午，他要參加朋友的婚禮。前一天就和老闆娘請了假——口頭聲明，要提前離開。可是星期一上班，知道摩托車被竊走了。

老闆娘臉上的霜凝得很厚很牢，炙熱的烈日一時也融化不開。「丟掉一輛車子倒沒有什麼，」她故意說大話。「但我非常不滿意，何先生昨天離開得那麼早。」

這多怪，目標怎會轉到他頭上。她該責怪騎機車或是保管車子的人；怎能怨他這個管理店務的經理。她有如一條大魚，張開嘴巴，就可以吞嚥他這隻小蝦。

他本來可以說，就是我在這兒，放在走廊的車子也會被偷；但他變換了語氣：「我提早離開，是事先徵得妳同意的。」

老闆娘的眉頭皺了皺，彷彿才記起自己的諾言，但她那倔強、不服輸的脾氣，還是不肯饒人。「同意了又怎樣？你離開了，也該把大大小小的事，交代給每一個人；不能就這樣一走了事！」

輕輕的顫慄漾自心田，才進入行裡兩個禮拜，老闆娘就不把他當作客人；而以傭工來對待他。她說過，我們需要你來幫忙，同時，也希望你來和我們合作，我們是朋友，也是事業的夥伴。

當然，他不想來。她在家中辦了酒菜請他「便飯」，說明了聘請的態度，還說明了合作的方法，怎麼到今天全變了。

感到後悔了，是不？原來不認識她，而是在一個朋友家，他自動插身進去調解她和朋友太太的糾紛，她敬佩他的才能，才慢慢有了交往和情誼。

她們之間的糾紛是為了錢財，老闆娘的丈夫金煥章，向一個姓劉的女人，借了一筆高利貸，他朋友的太太是保證人。金煥章癱瘓在床上，不能言語、不能行動，老闆娘就賴債不還。並且找了一個最佳的藉口：丈夫和姓劉的女人有曖昧行爲，做妻子的當然沒有義務爲丈夫還冤枉債。保證人提出若干理由辯駁。借錢是爲了充實商店的資本，而且妳當時也知道這件事。丈夫倒下去，妳接收了商行，怎能不接受債務。

他知道老闆娘賴債的心情，是爲了恨那姓劉的女人，所以竭力的勸說她、安慰她，才答應慢慢分期償還本息；才認識他語言的天才，才有延聘他總管店務的動機。可是，轉眼間她便忘記那些信賴他的理由，用不客氣的態度對待他、教訓他。怎麼辦呢？

他站在屋中，面向著張先生和陸小姐，看到他們兩個像互不認識似的工作著；內心激起很大的憤怒。

「我忍耐過，我已忍耐過一百二十次，一千二百次——」

「那麼你還不能忍受嘮叨，回斷染織廠的大主顧。」

他想說，那是因爲妳欺人太甚，不給我留面子，我才給妳一個最大的報復。

但他還是忍住了。「妳永遠不知道對方在說些什麼——」

「不論說什麼，顧客永遠是對的，你又忘了。」

不但沒有忘記，認爲還該再加一句：老闆娘的話也永遠是對的。

三天前，她就對他說：「陸小姐和張先生有點不對勁，你看到嗎？」

「沒有啊，他們沒有什麼不對勁的地方。」

「你眞是又傻又呆。早晚和他們在一起，怎麼看不出來？」

「妳已看出他們在金錢上、帳務上做了手腳？」

老闆娘搖頭，嘆口深長的氣，像是惋惜他的無知、淺薄。「他們眉來眼去，有說有笑；九成是在談戀愛啊！」

他猛然一怔。「談戀愛又有什麼不對。他們已成人長大，可以自由處理自己的感情；我們還要管——」

她搖手阻止他說下去。「這兒不是婚姻介紹所，我們不能讓張先生達成願望。」

不明白爲什麼會有這樣想法，阻止別人追求異性。也許張先生喜歡陸小姐，說不定陸小姐欣賞張先生，那是他們的事，與她這個老闆娘何干；只要會計的帳目不錯，外勤的業務沒懈怠，你這個業務經理又能管進他們的心坎裡去？

「倒要請問，我們怎麼管法？」他揶揄地說。

「辦法太多啦！」她滿口的自信。「譬如，不讓他們同時下班；把對方的缺點，相互的告訴他們——」

他只是笑笑，聽不下去。沒有理由照著老闆娘的話去做挑撥離間的工作；他要做堂堂正正的人，心中該如湖水一般澄清，不能把垃圾、糞便、汙穢之物藏在肝肺腸胃。對任何顧客也是一樣。

是的，未把退回的貨，以多算少去蒙蔽顧客，老闆娘也很不高興。

「爲什麼你那樣老實，怕賺錢太多？」

「不，我們要誠實，要童叟無欺。」

「少算他退回的貨，他們是不會知道的。」

「假使知道呢？」

「你不該這樣追問。你要聽我的話，我的話不會錯。」

這就是她的邏輯。顧客和老闆娘永遠是對的，那麼不對的就是他這個混球經理了。

「可是，」何培啓用左腳當軸心慢慢兒旋轉。目光由張先生、陸小姐，再滑入身軀微微發福的老闆娘身上。「電話掛斷了，一切的話都是白說。」

「怎麼是白說？我要你打電話去——」

「幹什麼？」

「道歉！」老闆娘胖胖的脖頸上，也有青筋躍動。「向老主顧陪小心，說不是……」

滾滾的氣，一下子就塞滿腦袋，鼓足鋼筋水泥的屋子。暈眩攪擾著他，他跌跌撞撞地倒進自己的圓背搖椅。你話沒說錯，事沒做錯、錯的是對方語無倫次；錯的是老闆娘故意找你岔子——難道是爲解聘覓藉口？

有一枚銳利的針兒刺了自己心尖一下，爲何從沒想到這一點，是對？還是錯？三十五歲的女人，衣服綳紮得很緊，像要把肥肥的肉汁從布眼裡擠搾出來。愛打扮，愛表現軀體美；床上躺了個癱瘓三年的丈夫。而你是個不透氣的王老五，不會管理陸小姐的情感；也看不到精力旺盛的老闆娘，需要心靈和生理上的慰藉，是一個貨眞價實的「呆頭鵝」，早就該離開這兒了。

你是個好人；不是熱水，也不是冰水，只是半杯溫開水的好人。不該如此想，更不該誣衊像老闆娘那樣能幹的女人，相夫教子，主持兩種事業；只是火性兒，脾氣暴躁，怎使你火辣辣的想到那隱祕的地方去。

何培啓又扶著桌緣，顫巍巍站起，結結巴巴用喉音說話：「電話我不打，要嘛，妳自己打去。」

「可是，是你得罪了人家——」

我得罪了人家要道歉，妳得罪了我又怎樣？兩百塊錢放在妳桌上，看到嗎？爲什麼不送回來，裝胡塗，就賴掉傷害人的那件事實？

「那麼，我辭職好嘍。」說完才猛吃一驚，這該不是輕易出口的話，但現在是沒經過思索就從喉頭冒出舌尖，沒有任何方法和力量追回。

「你爲什麼這樣說?你不該這樣說的。」

「可是，我已經說了，我還可以再說一遍——」

她的臉色、眼風、手勢，都作攔截的企圖。「你該愼重考慮考慮。」不是聰明的說法。要你愼重考慮，她自己就不該考慮嗎?這商行裡缺少一個負總責的人；她能抽出的時間也很少；即使來了，總愛批評這兒不對、那兒不妥；不是罵張三，就是怪李四，誰都不願意和這個古怪的女人合作，更不願爲她賣力。三個月來，他在中間架起了一座「橋」，使大家的意見、情感、計畫、工作情緒等等，慢慢彌合。她說過，這行裡離不開他；怎麼現在聽起她的話來，卻像是他離不開這兒——失去這職務，彷彿就要變成倒在路旁的餓殍似的。

他堅定的捏響指頭。「我早已考慮過了。」

「什麼時候?」

「兩個月以前。」

「我不信!」

自己也不信，但確實是那時考慮的。她一個絕早跑來了，兩手反插漸漸增粗的腰圍，像檢閱官似的查問：「行裡存有多少空瓶？」

然而，他並不是個有準備的受閱官；他想了一想才回答，「要查一查——」

「爲什麼不知道？」

理由多得數不清：那是有專人保管的；還有報廢的、送修的、送往客戶的、被退回的……進進出出川流不息，很難得有靜止的片刻，一時怎能有確切的數字。

但他沒有這樣回答，只是靜靜地說：「如果妳要知道——」他下面是想說我會找保管的人，做個月報表給妳便一目了然。她沒有等到詳細的解釋，便已躍起咆哮：

「我就是要知道，爲什麼還說是『如果』……」

當時把她零星的、點點滴滴的言語、態度、個性、處人治事方法等等，加加減減、乘乘除除，等於後面不是零，而是個很大的負數，便有辭職離開的念頭；忍到今天，終於說出口，還能算是不愼重。

「現在妳該相信了，我馬上走。」何培啓的目光跌落在自己桌面上的電話機、拍紙簿、黃桿原子筆、有缺口的磁菸灰缸……這情景像已是很久遠、很古老的夢境了。

他又加了一句：「請陸小姐把我的帳結一結，我明天來辦移交。」

沒有等老闆娘回答，他已衝出店門。走到發軟的柏油路街道上，才發覺當頭的烈日如此的炙熱難當。

——一九六八年五月《幼獅文藝》

狗咬狗

原告甲

平時，我徐大龍不喜歡多事，更不願意在衙門中走動。播種、插秧、耕田、鋤草是我的本行；忙夠了，偶然逛逛街，聽聽戲，逍遙自在，從不知道憂愁、苦惱是什麼滋味，作夢也想不到禍患臨門。

不要誤會，誰都沒有打我、罵我、侮辱我。我自己是個守本分的人，肯吃虧，能受委屈，但這一次實在嚥不下這口悶氣，才拋頭露面請大家評理。

那是為了我妹妹阿珠，就是站在牆角哭哭啼啼的那個。她今年已二十歲了，個子不小，樣子長得不錯，就是不大懂事，孩子氣也太重，成天和她嫂嫂（就是我太太）為了雞毛蒜皮小事，吵吵嚷嚷、哭哭啼啼，鬧得家中雞犬不寧。

阿珠認爲自己長大了，不願待在家裡洗衣、掃地、燒飯，幫助哥哥嫂嫂種田、下地，要出去打天下，自己找工作。

爸媽去世早，妹妹是我一手撫養大的；但現在翅膀硬了，要向高處遠處飛；又有姑嫂不和的藉口，我這做哥哥的，怎能硬拉住不放。

妹妹在工廠裡找到工作，待遇不錯，還供吃供住，比在家裡舒服得多，沒有風吹、日曬、雨淋，又有時髦的衣服打扮，比在家中漂亮多了。我們夫妻倆都爲阿珠高興，說不定哪一天，她會嫁一個好婆家，能找一個好丈夫；比原來在家中做粗活強多了。

我還漏了一句頂要緊的話：阿珠是個好孩子。她在外面賺的錢，除了買新衣服、高跟鞋和化妝品以外，都交給我們——我們沒有向她要，只是有口頭約定：她現在賺錢給我們用，將來出嫁了，我們負責全部漂漂亮亮的嫁妝，包括使她心滿意足。如果她自己保管錢財，未來的一切，我們都不負責。

這不是要挾，而是事實。說眞的，阿珠根本不是那種人，不用費唇舌，會心甘情願把賺的錢交給我們，是我們把她撫養大的，她自然要報答我們。

沒有離題太遠，我是介紹阿珠的性格。她這樣守規矩、識大體，受了冤屈，才特別可憐。

昨兒是週末，阿珠說好要回家的；但我們從下午六時起，開始等她吃晚飯，眼巴巴捱到七點、八點、九點才勉強吃完飯。怕發生意外，我們夫妻倆一個打著燈籠、一個捏著手電筒，摸黑上街尋找。

路上沒有、水溝裡沒有，鬧市區裡更沒有。找遍了親戚朋友和她同學的家，都沒有看到阿珠的影子。

關起門，坐在家裡焦躁也等到十一點、十二點、凌晨一點——不是小心過甚。現在社會風氣不好，報紙上常登色狼出沒的新聞，再加阿珠向來說話算話，一次不準時回家，便全急了。

我不想睡，我太太也不放心，坐在身旁陪我。已經三點多了，才聽到腳步聲、敲門聲、哭泣聲。

當時，我已嚇昏了，不知道該怎麼辦。還是我太太沉著，忙不迭的打開門。阿珠被扶進來，已哭得像淚人。左問右問都不言語，在斷斷續續的抽噎聲中，聽到了「陸昌泰」三個字。

平常早就知道陸昌泰不是好人，再三的叮囑阿珠不要理那個壞蛋，更不要和他來往。誰都想不到陸昌泰竟用暴力，還找了一個幫兇，把阿珠劫持到荒郊野外……不要我往下說，誰都會明白那是怎麼回事。

當時阿珠沒有跟我說，是她嫂嫂把她拉進房間，才問出被侮辱的前前後後。雖然平時姑嫂不和，但是爲了徐家體面，嫂嫂也氣得想和陸昌泰拚命。

我要求太太忍耐，除了爲顧全大局等候法律作主外，主要的是爲了妹妹。阿珠不吃、不喝、不睡，還要尋死覓活。沒有人在旁照顧、安慰，說不定早就出了命案。那時陸昌泰就有好瞧的，我們夫妻倆都要和他拚個死活存亡。

現在，我已把這壞蛋扭到這兒來，不但要請求辦他的罪，還要賠償我們徐家的名譽和損失。如果不信我的話，或是嫌我說得不夠詳細，還可以訊問那大壞蛋，或者由我妹妹補充，希望很快的求個水落石出。

被告

我是個老實人！講的全是老實話。只要有一個人證明我陸昌泰說過一句假話，我就全盤認輸。

是的，法律面前，不講理由，全憑事實。我要把事實經過詳詳細細的說清楚。

我書念得不多，才初中畢業；但學了個手藝，能在汽車修理廠當個技工，生活過得挺安逸。沒有嗜好，不吃酒、不吸菸、不賭錢，很多人誇讚我陸昌泰是個標準青年。

既然是標準青年，應該到處受人歡迎才對；但我上班時，穿著工作服，在汽車底盤和輪胎之間，鑽進鑽出，頭上、臉上、手上全被油汙塗滿，像是永遠洗不乾淨。人人怕和我接近；尤其是女孩子，都捏著鼻子躲避我，彷彿我會染汙了她們。

實際上，我下了班，脫掉工作服，用汽油、肥皂洗得清清爽爽，一絲汙垢都沒有。儘管如此，但我已三十歲出頭了，還是王老五。白天把全部精力投進工作，還好打發。下了班的夜晚和星期假日，就寂寞得無聊。

做人太標準了，就談不到嗜好，頂多當「壓路機」，在大街小巷穿過來、走過去。偶然間碰到五年前的鄰居王奇寶，他現在像是很得意，一定要敘敘舊交情，還要請我喝一杯茶。

他請我或是我請他都不成問題。如果是吃飯、喝酒，我袋裡的鈔票不多，恐怕付不了帳；喝兩杯茶的錢，我準會付得起。在街頭選來挑去，找不到適合的場所；後來王奇寶硬要拉我進「滿樓香」。

這名字很好聽，是吧？原來是王奇寶開的公共茶室。我賴在門口不肯進去，他說怕被客人或是小姐笑話，要我大大方方的走進門。

忽然之間，我想到這是王奇寶的一個騙局，為了拉主顧，才請我去喝茶。第一次不要付帳，第二次、第三次……等到上了「癮」，能經常不給錢？

後悔嫌太遲，臨時改變主意，也不是大丈夫做事的態度，只好裝成漫不在乎的老油條，可是內心卻不斷怦怦跳。

王奇寶不但請我喝茶，還介紹徐阿珠給我認識，並且特別說明徐小姐長得不錯，她是剛來的，沒有學上壞習慣，脾氣也很好，可以常常來找她玩。

說眞的，第一次見面，我根本分不清美和醜、高和矮，只是暗地裡想找個機會溜出去，透透空氣。還是阿珠老練，問長問短，講故事、說笑話，才使我的心平靜下來，情緒穩定下來。

儘管知道王奇寶是壞心眼兒，但我仍無法禁止自己不去「滿樓香」。阿珠對我很慇懃、很體貼——當時想她是在討好老闆的朋友，不是眞心對我好。日子久了，才知道自己的想法錯誤。

阿珠說，她在家中沒有溫暖，哥哥不關心她，還要她下田做苦活。嫂嫂欺侮她，成天不讓她有片刻閒工夫。一會兒嫌她懶，一會兒嫌她笨，更嫌她不能賺大錢貼補家用。

哥哥嫂嫂終於商量好了，要她去「滿樓香」陪茶，還要把每天賺的錢全數送回家。她要去幫傭，不行；去工廠做工，也不行；做旁的工作賺錢少，唯有當茶女，才可以貼補家用。你們看，天下哪裡還有這樣的哥哥嫂嫂。

每次我們見面，阿珠總哭著訴說，哥嫂怎樣心狠手辣，茶客是如何的卑鄙、醜惡。她想離開家、離開黑暗的茶室。

不知因我是她老闆的朋友，還是真的看上我是標準青年，她說要嫁給我。我不信她的話，聽說在那種場合的女孩子，會對每個男人灌迷湯，而心裡想的全不是那一套，所以我不把那句話放在心上。

可是，阿珠愈來愈認眞了。在上班時間可以陪我去散步、逛公園、看電影——這樣的事，在「滿樓香」確是破題兒第一遭，也許是王奇寶念往日鄰居的交誼，才會特准她這樣陪我。

阿珠天天問我何時結婚，我回答不出。她說再沒心情陪客人喝茶了，希望能很快地脫離苦海，她要我請人向她哥哥嫂嫂說媒。

我問：「請誰啊？」

她說：「請有勢力的人。」

可是，我找不到有勢力的人去。一天，我厚著臉皮，故意送阿珠回家，轉彎抹角地說出了求婚的心思；眞想不到她哥哥嫂嫂有多兇，幾乎要拿木棍趕我出門。

她哥哥盤問我做什麼職業，拿多少錢一個月？我說過，老實人不會撒謊，一五一十的說明白。

「你能出多少聘禮？」她嫂嫂突然插嘴問。

「我會按照一般的規矩去做。」

「你拿什麼養活阿珠？」

「我有薪水，又沒有嗜好，生活絕對沒有問題。」

正談到問題核心，阿珠的哥哥大聲叱責，要她嫂嫂走開。他說，不是在聘禮多少，也不是將來有無生活費；而是計算阿珠每天、每月、每年的收入，要我全部補償。

阿珠今年才二十歲，她哥哥要她三十歲出嫁。如果提前結婚，這十年的收入，要我一次繳清。

我的舌頭被嚇得伸出去縮不回來，天下哪有這樣的哥哥，把妹妹當搖錢樹。我沒有那麼多積蓄，即使有錢，也不情願把錢交在徐大龍手裡。

當時我就不客氣地諷刺他們一場，誰知徐大龍竟惱羞成怒趕我出門，還發狠不准阿珠跟我交往；不然就要打斷我和阿珠的小腿。

王奇寶聽說，要打不平，自告奮勇幫我們去說媒，辯論了三個小時，徐大龍答應讓阿珠提前二年出嫁；但八年收入的補償費，一個子兒都不能少。

阿珠聽說，哭得傷心，三番五次要投河。爲了替她解悶，昨兒晚上才邀她出來散步。吃飯，逛公園。吃飯時，有王奇寶作陪客。吃完飯，我們繼續商量自己的終身大事。

從公園走到大橋，再沿著河堤慢慢散步。忘記了時間，也忘記了地點，阿珠突記起這是回家的日子，但她發誓不回家，也不回「滿樓香」了，要立刻結婚，看哥哥嫂嫂怎麼辦。

我雖然覺得不大對勁，但也想不出好主意。這時夜已很深，十二點鐘談到一點，還沒研究出好辦法、好去處。絕不能在野地談到天亮，我提議找一家旅社先住下再說。阿珠不但贊成，還願意提前結婚，請王奇寶做證婚人。她說，她已過了二十歲，一切都可以自主，不必徵求哥哥嫂嫂的同意。

我的確很高興，雖然我們的程序和手續不大合，但是在雙方願意，很和諧、很快樂的情形下成爲夫妻，沒有想到後果。但阿珠忽然怕了起來。怕哥哥嫂嫂打罵、報警，要立刻回家。

這眞叫做樂極生悲。勸她等到天明再說，不行；送她回「滿樓香」，也不行。不得不攔一部計程車，親自護送她回家。

想不到徐大龍竟誣栽我用暴力侮辱阿珠。當時便拳打腳踢，還拿起抵門的鐵槓，沒頭沒腦的揍我，我渾身都是青一塊、紫一塊的硬傷。

希望獲得她哥哥的諒解。讓阿珠和我正式結婚，所以沒有還手。我比他年輕、身材高、力氣壯，如果還手就有好看的了。

現在他既然無情無義，昧良心說瞎話，我也要去醫院驗傷，控告徐大龍傷害。

我是句句實情，不信還可以問問阿珠和王奇寶，就知道我是個誠實君子。

原告乙

徐家的掌上明珠就是我；可是爸媽去世早，沒有人把我當明珠看待，落在「滿樓香」，變成滿腹痛苦的茶孃。

往事拌和著辛酸，不願重提──提了無益；只想把昨晚的慘禍約略說明。陸昌泰是「滿樓香」的常客，和很多姊妹淘來往得很親密；不知爲什麼突地和她們疏遠了，經常纏住我，還要和我結婚。

做我們這一行的，說謊話、扮笑臉是職業行為，他居然信以為真。常在我工作期間，邀我外出；為了貪圖額外賞賜，總是請了假陪他。

昨兒晚上他請了我們老闆去喝酒，看在老闆的面上，不得不跟著他外出。

離開「滿樓香」，東跑跑、西逛逛，他們根本沒有進酒館、去飯店，彷彿沒有目的般地亂鑽。走得我腿打抖、眼發花，氣息喘急，臭汗溼透全身。盼望著、盼望著，好不容易才聽到陸昌泰喊：「到了，我們就在這兒喝三杯！」

眼光瞄來瞄去，附近不但沒有觀光飯店，連供客人小吃的餐館都沒有。

我懷疑驚詫的心情沒有收斂，陸昌泰已拉著我們老闆坐在一個小麵攤旁，直向我招手。

猶豫了片刻，離開不好，坐在他們一起又算什麼。老闆也直著嗓子大叫：「來啊，沒有關係，吃點東西再回去。」

他們要了一瓶酒、幾盤滷菜，大吃大喝。陸昌泰也把我面前的酒杯斟滿，我始終沒有沾唇。他們有說有笑，還大聲豁拳，我只是吃點小菜，觀賞路邊的行人和街景，根本就沒注意他們兩個男人說什麼、做什麼。

身邊突然肅靜起來。我扭轉向四周探視的目光，才知道他們二人同時敬我的酒。

我的職業是陪茶，所以對喝酒完全是外行。但老闆在旁相勸，不得不給老闆一點面子，所以端起酒杯在唇邊抿了抿。他們嫌我喝的分量不夠，我又端起酒杯，擎在唇邊試試酒味是苦還是辣。

根本沒有料到，陸昌泰猛地揪緊我的手臂，扶住酒杯，把滿杯酒倒進我喉嚨。他們二人哈哈笑，我又苦惱、又氣憤，怎可以在這樣場合胡鬧。

一杯下肚，我覺得苗頭不對。突地記起，陸昌泰在我面前的酒杯裡，曾放下一小包藥粉，當時，我以爲自己根本不喝酒，隨他放什麼毒藥都不要緊。但被別人硬灌下肚，情況就不一樣了。

事實上，我立刻頭暈目眩；不明白是酒性還是藥性發作，因我從沒喝過那麼多酒，不曉得酒有多大力量。頓時對自己的輕舉妄動感到後悔，如不端起酒杯，不是任何事都不會發生？

以後發生的事我全在迷糊狀態中。不知道老闆什麼時候離開，更不知道陸昌泰載我去什麼場合？渾身癱軟無力，任人擺布——等到清醒以後，才發現整個世界變了，我已失去自己的一切。痛哭、號叫、撕打……沒有效，只有逼著陸昌泰送我回家。

我受了這麼大委屈，損失了全部名譽和自尊，以後再不能抬頭做人，挺起脊樑走路；連站在這裡講話，也覺得臉燙心跳哩！出了旅社大門，我就不想活；不是哥哥嫂嫂勸我、拉我，早就投河跳海——離開這兒，我還想用死來爲自己遮羞，大家準會同情我可憐的遭遇吧？

證人

他們都很會講話，也很懂得找理由爲自己辯護。我姓王的只會做生意，開「滿樓香」茶室是爲了賺錢，卻不會顚倒是非黑白。

阿珠是我們那兒很吃得開的小姐，陸昌泰確是常客；但我對他們之間的關係卻不大清楚，我只管金錢收入，不管摸不著、看不見的感情。

曾經勸告陸昌泰來喝茶、聊天，解解悶，我會很歡迎；但千萬不能認眞。誰知年輕小伙子，不接受別人意見，硬是要和阿珠結婚。

對於這樣的事，我不表示贊成，也不明顯的反對。贊成嘛，店內缺少一個「紅星」；反對嘛，和我做好人的宗旨不合，所以只有任他們自然發展，裝作不知道。

陸昌泰請我去說媒，明知不成功，但我還是去了。昨兒晚上邀我去喝「喜酒」，我心裡覺得十二萬分不對勁，但我仍勉強地作陪。

我的酒量不大，卻很喜歡大家共飲。有很多朋友，勸我把茶室改作「酒家」，賺錢將更多。我怕把自己的酒量練得更大，醉的機會更多；寧可少賺錢，維持原來的本行。

不是題外的話，與事實有很大的關聯。現在順便說明，我昨兒晚上沒有喝醉，送他們兩個進旅社，還向他們「恭喜」，祝他們「鸞鳳和鳴」。阿珠還嫌我說的話太文雅聽不懂，但一會兒便笑嘻嘻的走進房。

這樣的事，在我看來，一點都不奇怪。我有一種感覺，在「滿樓香」，似乎有不少女孩子和茶客有超過吃茶的行爲，我都裝著不知道。阿珠名正言順的結婚，更不便阻撓。

但阿珠把事情鬧得如此天翻地覆，我卻非常奇怪。類似今天的糾紛，在阿珠說來，已不是第一次了。以往我沒有被攪進他們的漩渦，調解時也沒有要我作證，我不知道整個的情形，也不知道別人賠了她多少遮羞費；不過總是大事化小，小事化無，從沒到法庭見面的地步。

我要勸陸昌泰，如果眞想和阿珠結婚，聘金就多拿一點出來，沒有錢，借債也行，這是終身大事，馬虎不得。

當然，我更要勸阿珠，不要再演戲、再玩火啦；玩火的人，說不準什麼時候會被火燒死的。

不要誤會我是陸昌泰的鄰居，才幫他講話；實際上，在他來「滿樓香」之前，我根本不認識他。我所說的，一個字也不假；不偏袒陸昌泰，也不會庇護徐阿珠。從我眞實的證詞裡，就可以明白他們說了多少謊話，歪曲事實有多少距離了。

假使連我的話也不信，還信誰的？那樣便會公說公有理，婆說婆有理，永遠搞不清事實眞相。不錯，人人都想找有利的理由爲自己辯護，我也不例外——既然這樣說，我還是少開口，只有請大家憑睿智和經驗推斷這緋色糾紛了。

——一九六八年六月二十三日《中國時報》

半空的喜劇

丁大華打心底泛起冷颼颼的妒意，像一片烏雲遮住了太陽，黑茫茫的無一線生機。

他避開那尖銳的咯咯笑聲，扭轉脖頸搜索高矮肥瘦的乘客，盼能發現新奇事物，或是偶發事件，藉機擠掉腦中的不快。

不該生梅碧雲的氣。她只是個稚氣未消的孩子，對未來的生活和世界，充滿憧憬。突然要去赴死亡的約會，不知有多少感觸和悵惘，在旅途中尋些樂趣，找點笑料，又有什麼過錯。用得著他來妒忌！

「不是玩具，」碧雲的笑意未退。「是眞的人，眞的汽車。你忘了，我們乘的纜車是在天空。」

戴太陽眼鏡的陌生男人，把眺望的目光收回，尖聲叫：「我有點近視，只見仙女，看不到凡夫俗子。」

乘客都嘻嘻哈哈，碧雲更笑得渾身顫慄；但大華並不認爲那句話有何可笑之處，反嫌輕薄和無聊。

必須忍耐，從山尖到那山巔，乘纜車才五分鐘，乘客不到二十人，下了車各奔西東，誰也不相識。何必在不靠地的天空和別人賭氣，較量長短。

大火柴盒似的纜車猛然一震，隨即穩定下來。眞快，一刹那便到達彼岸了。一切的困惑和煩惱隨雲霧飄散。進入新天地便有新的意思，生存和死亡同屬於他，他要面對現實，絕不畏縮——

陌生的乘客拉開嗓門叫：「到嘍，下車嘍。」

車門沒有開，乘客互相瞪視；隨車服務的小姐，口含銀笛，噤氣無聲。

碧雲的視線仍穿射窗外。「沒有到站，我們停在半空——好像要去月球。」

誰都沒有笑。丁大華倏地想到：這輛飛車僅是靠一根電纜牽絆著游弋，無緣無故會駐守半空？

「是不是機件故障？」丁大華驚詫地責問。

服務的小姐木然說：「也許是停電。」

「要停多久？」

「不知道，過去沒有這樣停過。」穿制服的小姐仍面無表情，歇了一會兒又添一句：「我們自己有發電機。」

車廂裡人聲蒸騰、壅塞。

「我們要趕時間；在半空耽擱了，算誰的。」

「這麼多人，長久吊在半空，一根索吃得消。」

「趕快退票、退票……」

「到底是故障，還是停電？」

「……」

乘客都擠向四面小窗，你推他擠，腳步蹭蹬，車身扭擺顛盪，有如懸垂的搖籃。穿制服的小姐吹了一聲銀笛，場面略顯平定。「請大家安靜一點——這樣太危險。」人叢中隨即大吼。「大家都站著不動，妳敢保證我們的安全？」

「我們要離開這鬼地方，趕快開車！」

「……」

碧雲仍緊挨窗口，不放棄原來的據點。「外面好美啊，白雲圍繞著我們；要不是隔一層玻璃，我就要抓一把放在皮包裡。」

大華忍不住滿腔悒鬱，用譴責的口吻說：「在這最危險的當兒，妳還有開玩笑的雅興！」

「爲什麼沒有？」碧雲愣住，表情極像秋雲變化。「你一定忘記我們來這兒的目的了。」

沒有忘記，但碧雲的話確是提醒了他——想法立刻改變。他們到對面山頭，是爲了結束自己的生命。現時纜車在中途故障，如遭遇不測，正不露痕跡達成心願。那樣，也不要搜索枯腸想理由，用謊言寫遺書——不論寫得多好，但爸爸媽媽仍然不會原諒他和碧雲至死不渝的愛情。

碧雲正回眸望著他。「我們能永久留在天空多好。」

陌生人插進來說：「那就要上天堂了。」

「我們有資格嗎？」她似在自語，又像在問大華。

眼鏡仍不放鬆。「乘這纜車的人，都有資格。」

話沒說完，已撩起全車人的怒潮，吼聲隨即爆發：

「我們不願意死，誰願意誰就先上天堂。」

「該下地獄。」

「開車啊！車子停在半空，到底是什麼意思？」

「……」

然而，穿天藍制服的小姐，只在眉宇間表現焦躁、苦惱的神情，在言語方面仍保持緘默。

丁大華伸手緊握住碧雲的指尖，柔和地問：「妳後悔來這兒麼？」

「不。」

「我們也許會吊在這兒乾死、餓死，更可能會墜下山澗跌死——」

「那倒夠意思，比我們原來的計畫好得多。」

他緊緊盯住碧雲，希望從她的表情和態度上，看出是眞的不在乎，還是故作輕鬆。

她父母反對她和他來往，更不容許嫁給他。碧雲才二十歲，大十五歲不是反對結婚的唯一理由；主要是嫌他沒有本領，沒有經濟基礎。然而碧雲卻認爲他是個苦幹、實幹的男人，靠自己的手和腦，製作電動的吸塵器。眼前雖沒有大成就，但未來的前途一定很輝煌。所以死心塌地的愛他，成天和他在一起——碧雲堅持自己沒有錯，但卻惱怒了父母，在爭吵之下，第二天便登報脫離父女關係。他說這是個好機會，父母既然不關心她的未來，他們正可發展自己的事業。可是碧雲覺得丟臉太大，再沒有顏面見人，必須捐棄自己的生命。他左勸右說沒有效，更想出維持體面的方法，立刻結婚。但碧雲說他怯懦，不肯爲愛犧牲。

渾渾噩噩，不明白犧牲到底是什麼意思。爲了證實自己的勇敢，表示自己對碧雲的愛心，堅決地答應赴碧雲的死亡約會——現在似乎已分不清到底是誰赴誰的約。但毫無疑問的是登在這纜車上，目的地是死亡。

丁大華隨時擔心她會後悔，或是改變計畫；譬如她忽然說是來這兒風景區遊覽，欣賞瀑布、名泉、山間別墅……等等，那麼，他留在家中的遺書被發現了，還有什麼臉面活在世上。

「我們不該這樣說，妳看。」大華表情嚴肅。「車上有那麼多人，大家會認爲我們是幸災樂禍。」

碧雲扭轉臉孔，諦視人群，突有所悟地呈顯歉疚之情。「我沒有想得那麼多。」

「好，我們要靜心的等，大家都在等哩。」

緊挨在他們一旁的男女是胡明典夫婦，聽完丁大華和梅碧雲的談話，丈夫用手肘輕觸太太，細聲說：「恐怕趕不上了。」

太太用肥胖的手指戳他太陽穴：「都是你，推三阻四，考慮又考慮，耽擱了這麼久。如果早一步，搭上前面那部車，就不會吊在半空了。」

「不要盡抱怨，該想想辦法才對啊。再吊在這兒，世海準行完婚禮了。」

「有啥辦法？除非立刻生一對翅膀。」

丈夫搖頭，凝視身旁的青年情侶。「早知道這樣，我們就不必阻止這項婚姻了。」

「翻來覆去全是你，看起來，你眞沒有丈夫氣概。」

胡明典覺得有一口悶氣，淤塞心中。太太既不講理，又不近人情。兒子世海念完大學，結交了一個女友叫吳莉莉，該是正常的事，可是母親要反對。最初嫌莉莉醜，後來又怪世海不先說一聲，便決定結婚，沒把父母放在眼裡。

理由欠充分。兒子不嫌太太醜，母親何必多事。年輕人對愛情不願公開，時機成熟了，向父母提出，是常態行爲，怎能扣上藐視尊長的罪名。

說來說去明白了，太太嫌莉莉窮，身分不配。莉莉是在世海念書的學校旁邊，賣書報雜誌。世海常去書報攤看書、買書——說不定是去看莉莉。總而言之，他們兩個相愛成熟，口口聲聲要結婚，做父母的阻止得了？斷絕財源，撕毀親子關係，都嚇阻不了他們。世海已不是孩子，畢了業又找到固定職業。換句話說，有經濟能力，也有判斷能力；所以想打破一切俗套、陋規，隱避在山巔結婚。

母親從側面獲得這消息，認爲無法忍受，硬要拉他來阻撓那祕密的婚禮。用盡好話解釋，想盡理由搪塞，她都不願世海和身分不配的莉莉結婚，從早晨到中午，在唇槍舌劍中拖延了四個小時。胡明典爲了不願破壞家庭和睦氣氛，才勉強答應陪太太去婚禮現場，看看實際情況，再作決定。可是，此刻懸垂半空乾著急，太太又把責任推在他身上。如果太太早接受他意見，他們在觀光飯店訂兩桌酒席，宴請親友，並在報上登則啓事：「小兒世海與莉莉小姐在市郊名勝風景區結婚，特此敬告諸親友……」何必在這纜車上求生不得，求死不能。

此刻不是辯論或鬥嘴的時機。附近的人都在注視他們，諦聽他們談話；絕不能在這種場合演戲。他要做一個哲學家，欣賞別人的鬧劇——起碼裝成哲學家的樣子，比別人高出一籌。

胡明典似已忘記太太對他的辱罵和批評，目光向四處飛掠一周，又用手肘輕搗太太腰桿。低聲說：「妳看，右邊多有意思。」

哥哥黃幼龍，左手攙著十四歲的女孩黃芬芬，右手提四盒野餐麵包。弟弟黃幼虎牽著十歲大的男孩精武，肩上掛著粉紅色塑膠帶，繫著橢圓的扁平水壺。

精武大嚷：「爸爸，我肚子餓了，要吃麵包。」

爸爸看了身旁的哥哥一眼。可是幼龍裝著沒有聽到，俯身對女兒說：「芬芬，別急，我們免費在天空遊玩，是千載難逢的機會。」

芬芬說：「我才不稀罕哩，這兒一點都不好玩。」

「等著吧。一會兒太陽落了，星星要跳舞給我們看，月亮會和我們握手。」

「天哪，那麼久，我等不及了。」

「孩子，有耐性一點，不要大吵大鬧，人家都瞧著我們呢。」

「瞧著又怎麼樣，我誰都不怕。」芬芬的嗓音又粗又響。「爸爸，急死啦，我就要在這兒小便——」

「噓——」爸爸豎起左手食指在唇邊。「羞死了。這樣的話，不可以大聲嚷嚷。」

「還怕難爲情。」芬芬摀著小腹，緊皺眉頭。「人家都脹死了，爸爸快想辦法啊！」

黃幼龍抬頭注視人群，希望獲得解救或是幫助，但大家彷彿沒有聽到他們的談話，誰也不關心他們之間的困難。

幼虎緊接著對哥哥說：「你手裡的野餐，拿兩盒來吧。」哥哥胸中的火焰升騰。「你想在這裡吃東西？」

「不是我，是小孩，小孩不能忍飢受餓。」

「我不管——現在沒有心情管那些。如果停在半空太久，這四盒野餐不能讓人……」

「你說過：野餐歸你買，一人一份，回家算帳。現在怎麼變了？」哥哥的語調彷彿已鑄成銳利的尖刀。「現在情況不同，你知道這纜車還要懸吊多少時刻？」

「你們自己吃麵包，」弟弟有點不服氣，「能看著大家餓死？」

「要全分給大家吃？」

「人們都擠在這一堆，」弟弟帶著挑撥的意味。「不爭搶得頭破血流才怪。」

黃幼龍想掩藏提麵包的手，但四處擠滿了人，野餐盒晃了晃，仍停在原處。再抬頭，見乘客的目光，都炯炯地逼視自己，每人的腳步似都在向自己挪移。

全身哆嗦了一下，心葉跟著顫慄。退縮時已緊貼車廂鐵皮，根本無法轉動。還沒想到周全辦法，女兒芬芬又怪聲尖叫：「爸爸，怎麼啦，快想辦法，我急死啦。」

爸爸撒謊安慰：「再等一下，快有辦法了。」

芬芬弓著腰問：「車子快開了？」

「當然。不開，能賴在天空一輩子。」

「爸，等不及了，我要先蹲下……」

「不行，芬芬！妳已不是孩子——」

黃幼龍想攫住女兒肩膀，但芬芬已扭身蹲下……

姪兒黃精武一直悶聲不響。希望伯伯和姊姊爭吵之後，能分到一盒野餐；可是誰都沒注意到他這個人，更沒人重視他的要求，不得不大聲哭叫：「我餓死了，我要吃麵包。」

黃幼虎緊皺眉頭，伸手去搗兒子嘴巴；精武跳躍閃避，仍不服氣地嘯叫：「我們大家吃的東西，他爲什麼一人要獨吞。」

「孩子，別急。」父親頓腳，氣息喘急。「忍一會兒，餓不死——」

「我餓極了。」

「不會。沒水喝，才會難受。」父親把水壺拍得砰砰響。「我們有了這個，就不用擔心了。」

「爸，」兒子尖起嘴唇撒嬌。「我不渴，就是要吃東西。」

「吃過東西，你就想喝水了。」

「……」

父與子還在糾纏不清；芬芬已忸怩地站起，搶著問：「那壺水，不是說大家都能喝的嗎？」

黃幼龍舔著乾燥的兩唇。「當然，當然。」

「我要喝口水潤潤喉嚨。」芬芬似乎對自己說，但大家都聽得出那是對她叔叔的請求。

叔叔沒吭聲，裝作未聽見，只是把頭伸向窗口，瞧瞧烈日烤炙的天空：雲片已遠颺，沒有風絲，彷彿這輛纜車，是這大地烤箱中唯一待焙的麵包。

黃精武忍耐不住了，性急地大叫：「我們拿水換麵包──」

黃幼虎說：「不換，不換。」

輪到哥哥氣惱了。「全不顧親兄弟的情分？」

「該問你自己！」弟弟又加一句：「不然，可以問問大家。」

大家的注意力全移集在一具救生衣上。

一個著紅襯衫的小伙子，抓住滿是繩索的帆布袋兒，和一個六十歲左右的老頭爭執。

灰髮老頭的額角皺紋中，都染上紫紅，嘶喊著說：「你年紀輕輕的，要穿什麼救生衣。」

「你的意思是說青年人，沒有老年人重要？」小伙子滿臉不在乎的神氣，挑釁地說。

「不是，不是。」老年人搖雙手。「懂得禮貌的人，該尊老讓賢——」

「包括死亡在內？」

老頭不答理。「年輕力壯的，跌倒再爬起。骨頭硬的人，就不那麼簡單了。」

「你這道理該向這纜車公司講，要他們多備幾套救生工具；現在我這份絕不讓人。」

「一定要給我，」老人伸手去搶，「是我先發現的，我有優先權。」

「你看到了，為什麼不拿去穿在身上？」

「當時不知道車子會故障——」

「……」

兩人吵成一團，推推拉拉，纜車在空中晃蕩。大家吆喝著、嘯叫著，阻止他們爭奪；但拉扯行為繼續僵持下去，似乎不會立刻停止。

黃幼龍擠塞在他們中間，左手搖擺，故意大聲問：「你們爭這救生衣，有什麼用？」

老頭答：「逃生啊！」

「從哪兒逃？」

長方形車窗被玻璃封緊，而大小也僅容一個頭顱出入，不可能從車窗跳出；再看車門，由穿制服的小姐堵住，任何人插翅難飛，事實上，此刻也無人願意打開車門往外跳。

老人的舌頭連連打滾，言語向肚內吞嚥。年輕人結巴地瞪著眼睛，羞愧地責問：「你說這些是什麼意思？」

「我只是提醒你們，」黃幼龍見自己的勸阻生效，立刻更進一步說明。「車下是山谷，不是海洋；穿救生衣跳下去，骨頭也會碎成片片。」

穿紅襯衫的左手連連搔後腦勺。「那我們該怎麼辦？」

「每人有一具降落傘，才會很安全。」

「對啊，我們要降落傘！」

老頭也接著大叫：「觀光遊覽公司，為什麼不替我們準備安全用具？」

「找公司的負責人算帳——」

「……」

車廂中鬧嚷成一團，渾濁的空氣中，酵生出濃烈的火藥氣味。車身劇烈顛簸得像浮在海洋的木舟。

黃幼龍忙高聲喊嚷：「有降落傘了，從哪兒跳啊？」

「叫她打開車門！」

「你們會用傘嗎？」

沒有回聲。

「你們敢跳嗎？有把握嗎？」

嘟嚷的吱喳聲輕微，無人正面答覆，黃幼龍覺得自己已控制了全場，既欣慰，又得意。「所以，我要勸大家同舟共濟，耐心等待——」

衆聲：「你算老幾？」

「你爲什麼要幫公司講話？」

「你……」

「他是好話說盡，壞事做絕的投機分子。」

黃幼龍愣了一下，隨即裝出笑意面對大家。「我有不少麵包；如果大家需要，可以有代價的交換——」

另有人高聲叫嚷：「什麼代價？」

「金錢、首飾、股票、有價證券……」

「車子永遠停在半空，你帶得走？」

「你自己不要吃？」

「……」

芬芬替爸爸解圍。「爸爸說過，我們留著自己吃，不能讓給別人。」

黃幼龍受了輿論的激勵似已憶起剛才的爭執，忙著宣布：「不讓，不交換，連親兄弟也不例外。」

梅碧雲的右手拍著丁大華的肩頭，當四隻目光交互凝聚時，她怯怯地笑著說：「大家都想盡辦法求生——」

「妳後悔了？」

「我覺得我們不該來這兒。」

「妳的面子呢，名譽呢？」

「哦，那是我當時的想法。」碧雲曲起手指敲擊玻璃窗。「懸在半空看地面，一切都不那麼重要了。」

丁大華伸長脖頸，想從窗口看看塵埃，但人頭圍集在四周，都從空隙中向窗外探視，不容他的目光接觸到透明體。他退後一步，憤怒和不安的情緒，有如澎湃的浪濤，在胸腔中搓揉。倏地有被碧雲戲弄或是欺騙的感覺。她提議到那邊山頭；他竭力阻止過，沒有效果。怎麼經這意外的纜車故障，就改變了主意。無疑的，這僅是一個藉口，順利地到達目的地，碧雲也會臨陣退卻——那樣也不錯。她如對「死亡」感到恐懼，他們還可以回到社會，在人群中生活下去。

可是，他寫的「遺書」呢？再厚顏回到父母身邊，兄弟姊妹或是親朋看到他，心中都會發生疑問：「丁大華又還魂了？」他怎樣對人們解釋呢？人們不輕視他，暗地詬罵他？回到陸地以後，和碧雲結婚呢，還是從此便兩下分離，永不相見——

煩躁啃噬著丁大華心尖，雙腳蹭蹬挪移，右拳向車頂揮擊；他震粗喉嚨大吼：「車掌小姐，爲什麼不開車？」

「我不知道。」

「妳向總站連絡過了？」

「沒有——我沒有辦法。」

「這種飛車上，爲什麼不裝無線電話？」

「我不知道。」

乘客同聲吼叫，亂成一團，車身又飄搖不定。

丁大華還想藉機發洩心中積怨，但碧雲卻扯住他的胳膊，低聲說：「纜車故障，並不太壞——這樣，我們多了一點思索的機會……」

「我知道，妳已後悔來這兒了。」

「不，不後悔，我們可以到那邊山頂舉行婚禮，請車上的全部乘客觀禮——」

胡明典立刻接著說：「我們感到非常榮幸。」

「你又厚皮了。」他身旁的太太發脾氣：「你哪有時間管別人的閒事，世海的事就夠麻煩了。」

「太太，我已想通了。」胡明典滿臉俏皮相。「譬如我們在纜車上跌倒、餓死、渴死。兒女們的事，我們不必管了。」

太太還想辯論什麼，但纜車猛地向前滑動一下，立刻繼續向前游進。車掌口中的銀笛，也「嘟」地叫了一聲，車廂中的人聲突地平靜下來。

黃精武欣喜地大叫：「爸，我們不要麵包了；到了那邊，我們去最大的飯店吃一頓，好不好？」

爸爸隨口漫應：「好。」

芬芬也搶著喊：「我們也去喝汽水、果汁，還要吃最好最好的東西……」

黃幼龍擺出父親的威風阻止女兒向下說：「芬芬，妳已長大了，走下纜車，言行舉止都要像個大人，不能耍孩子脾氣了。」

「可是，現在還在車上——」

立刻有人大聲叫：「到了，到站了。」

車掌的銀笛又響了。車身輕輕一震，乘客的面部表情起了多種變化；由欣喜至嚴肅，再轉爲愉快。打開車門，彷彿已忘記剛才吊懸在半空的驚嚇與緊張，又顯得朝氣蓬勃，個個都是正人君子。

乘客嘰嘰喳喳下車，而排成一長串待在陸地等車的人，已嘻嘻哈哈的搶著跨進車門。

兩輛纜車又在半空做逍遙遊了。

——一九六八年九月四日《中華日報》副刊

醉與醒

殘缺的月亮，從薄雲中鑽出，僅在灰暗的蒼穹晃了晃，又被大堆的烏雲吞沒。姜青龍左手反握酒瓶，兩腿哆嗦地跨出小飯店。吃剩的半瓶高粱酒，在瓶中傾斜起伏。踏上人行道，橫著量了兩步，又舉起酒瓶，昂首吞飲，同伴魏大海從身後竄躍向前，抓緊酒瓶不放，勸阻地說：「老姜，你醉了？」

「誰說的？我們每人再乾兩瓶。」

「今天算了，明天吧。」魏大海已奪下酒瓶，抓住左手；右手攙扶搖晃的伙伴。

姜青龍沒有抗拒或是奪回酒瓶的意思，默默地挨著大海行進；但走了十多步，突然站定，現出訝異的神情：「我們現在去哪兒？」

「回家。」

「我不要回去，你先走吧。」

還沒等到大海答覆，他已兩腿彎曲，沿著牆根癱坐下來。

大海面對著明滅的霓虹招牌，用瓶底擊著手掌思忖：伴隨他坐於街道旁，還是逕自走回家？

對門鐘錶店中大小不一的錶面，長短針所指的方向不相同，但仍看得出現在是七點三刻。還有不少時間，可以陪伴醉漢。

姜青龍是鄰居，又介紹他到宏大建築公司做鐵工，長期有工做，待遇也很高，所以今晚他請客；三盤小菜，兩瓶高粱酒，不料他竟醉得分不清屋裡屋外；如果拋他在這兒，有個三長兩短：撞到汽車或是跌入河中，不管有沒有法律責任，他內心便永遠沒法安寧。

腦中僅有一瞬間的猶豫，雙腿已蹲下，接著便緊挨在姜青龍身旁坐下。

青龍說：「你陪我一道喝酒？」

「不對。我要送你回家。」

「那你怎麼坐在大街上？」

確是沒有醉，醉了便分不清地點，不明白事理。現在要設法讓他知道自己的行爲，才是好朋友的立場。

魏大海晃動酒瓶。「你喝了多少？」

「半瓶。」

「是一瓶半。」大海輕拍他肩膀。「所以我也不想離開你。」

姜青龍沒答腔，腦袋瓜擱在撐高的膝蓋上，似在思索什麼疑難問題。半晌，突然問：「你欠我的錢呢？」

「明天還你。」

「爲什麼不在今天？」

「身上不方便。」大海有點氣惱。這位朋友眞不夠意思，欠他五十塊錢，怎能在這場合逼著要。剛才吃的、喝的比這數目大得多，早知不請客，爽爽快快還債，便一了百了。

「沒錢還大吃大喝。」

「那是爲了請你——」

姜青龍截斷他的話，搶著說：「我不要你請，我要錢，要錢，錢拿來！」

大海看到他手心向上，伸在自己面前，感到羞愧又氣惱。但立刻想到姜青龍是喝醉了，不能計較，也不必計較。他比自己大六歲（已是二十六了，該是成熟的年齡），看起來還像個大孩子。此刻應該避免發生衝突，愈早離開他愈好。

「好吧，你等一下。」大海倏地撐直身體站起。「我回去拿錢。」

姜青龍抓住他的褲管不放。「慢點，話還沒說完，不能走。」

不走也行，只要不逼著拿錢。他們在一起工作，同出同進，休閒時逛街、看電影也形影相隨，所有話差不多談盡了，還有什麼好談的。

月亮又從薄雲片中鑽出，霓虹燈似乎褪色不少，行人扭頭看他們的醉態——不醉怎會抓著酒瓶在街道旁喝酒。

酒瓶已被姜青龍搶去，灌向喉嚨，剛才被逼還債受窘，現在不願阻止他喝酒；如醉得厲害，叫輛計程車送不省人事的醉漢回家，要比在這兒活受罪強得多。

拉拉扯扯不好看，還是委屈點坐下，裝成一對好夥伴的模樣，行人倒不會注意。

臀部剛接觸水泥地面，姜青龍劈頭就問：「你爲什麼搶我的阿珠？」

阿珠是誰？爲什麼說是搶他的阿珠？酒後才有眞心話，這問題悶在姜青龍肚裡，諒已很長時間，虧得今天說出。他要細細解釋一番，免得誤會愈陷愈深。

在他凝思的片刻，姜青龍已等不及了，在倒豎的酒瓶中，咕嘟地喝了一大口，再厲聲責問：「不回答，想狡賴是不是？」

「不狡賴——我不明白你話中的意思是什麼。」

「你說的就是賴皮話。」姜青龍的眼珠瞪得賽燈泡。「我問你：這兒有幾個阿珠？」

「我們巷口有一個阿珠，王太太家的下女也叫阿珠，利人雜貨店的女店員——」

「不要胡扯，那些都不是；我是說和我們在一起工作的阿珠。」

大海哈哈笑。在工場做臨時工的叫素月，有人喊她叫阿素，有人喊她叫阿月，為何姜青龍硬說她是阿珠。他們沒有訂婚，更沒有結婚，根本不屬於他的，怎能說是搶他的阿珠。

他眞的不願意姜青龍再喝酒了，半拿半奪的接過酒瓶，自己也喝了一大口。「她不是還和你在一起工作？」

「為啥常跑到你那邊去，和你嘻嘻哈哈的說個沒完？」

「她自己願意的，我沒找她。」

「你胡說八道，我會信？」姜青龍又伸手來搶酒瓶，但被閃開沒有抓到。

「如果你看得起我這個朋友，就不該理她。」

「你沒跟我說過，我不曉得你怎樣想。」

「又騙人！阿珠把你對她說的話，全告訴我了。想想看：你說些什麼。」

大海用酒瓶口抵住俯垂的額頭，用思索的機會，掩飾羞赧。彷彿不記得自己說過什麼，又像說了許多無意義的話，想起來，感到面龐發燙。

阿珠問的話更沒有意思：「你爲什麼要來拉鋼筋？」

「賺錢。」

「做別的就賺不了錢？」

「我不會別的。」

「做水泥工不好嗎？」

他抬頭打量阿珠，黑黑的皮膚、圓圓的身材，顯得結實、健康。該去工作了，怎能長時間和她聊天。爲了打發她快走，不得不使用最壞方法。他不屑地說：「那有什麼好，又有水、又有泥，眞髒。」

「可是，姜師傅說那個最好，最有味道。」

「他賣瓜說瓜甜。」

「我看不對，你還是姜師傅提拔的哩！」

大海胸中的氣直往上衝，氣管發毛、發脹。一定是姜青龍告訴她，才有「話柄」。

早知如此，便不要他介紹這工作。有兩家建築商要長期雇用他，為了這兒離家近，才答應姜青龍的邀約，怎可以說是「提拔」。

不能在阿珠面前失面子，必須把據點爭回點什麼。他撫起良心胡謅：「不要聽他的。老闆都不要姜師傅工作，是我擔保的。」

「老闆聽你的？」阿珠似乎不信。

「我們是親戚，當然聽我的。」

「親戚！」阿珠更是驚訝。「我沒聽說過。」

「老闆是我表哥的姊夫的叔公。」

阿珠扳著指頭算了半天，彷彿仍沒弄清楚繞彎子的關係，但還是嘖嘖連聲表示欽敬。以後更是前前後後纏著他問長問短，想不到幾句謊話，有這樣大的效果。但也因此面對姜青龍時，隱隱地有負疚的感覺。

難道阿珠把這話說穿了，姜青龍才在酒醉之後責問他。

仰起頭，瓶中酒向喉嚨流進了許多。他喃喃地裝胡塗：「我說的話太多，記不清了。」

「鬼才信。」姜青龍猛伸手搶去酒瓶，咕嘟地喝了一大口。「摸摸良心就會全記得。」

「關於哪方面的？」

「很多，很多方面的。」

姜青龍右手抓酒瓶，左手尖捏起又展開，再連連蜷曲。「拿根菸來。」

烏雲吞沒月亮，霓虹燈變換黯淡的一面，大地似乎失去了光澤。大海告訴自己：他們是鄰居，是朋友，是同事……不應計較小節。菸酒不分家，尤其在請吃飯之後，更不能吝嗇，敬一支菸是最起碼的禮貌。但對方要菸的聲調和態度，使他憎厭得生出無限反感。

「我沒有菸。」大海堅決的回答。

「你口袋裡邊不是？」

「抽完了，空菸盒。」

「鬼才信。空菸盒會放在口袋裡！」姜青龍斜著身體，伸長右手搆著搶奪。

大海倏然站起，猝不及防地拔出姜青龍懷抱中的酒瓶，跳躍著說：「再見！再見！」

姜青龍裹著舌頭喊：「還錢來，拿菸來，沒有錢又沒有菸，忘恩負義，我要報警，捉你這個流氓……」

後面的嘶喊聽不到了，大海才慢下腳步，沿著滿是窟窿的巷路走至小橋旁，坐在有稜有角的橋沿上，一口口地飲著瓶中的酒液。

橋身搖晃，遠處的燈光和樹影搖晃。他沒有喝多少酒，當然不會醉；醉的是姜青龍，飲後索債，逼著拿菸，還罵他「忘恩負義」。不該逃避的，事實上也逃不掉，明晨八點就要在一起工作，能做忘記今晚的醜劇。從任何角度看，都沒有辜負姜青龍；為了一支香菸，或是遲遲還他五十塊錢，就要如此受辱罵。

魏大海仰起脖子，把瓶中剩餘的酒，全部倒光，渾身輕飄飄的，從橋欄跳下，雙腿輕飄飄的。右手擎起空瓶，向原路搖晃。

巷路好窄好長，彷彿不記得是怎樣走來的，現在向回躑躅，顯得非常困難。

雲片飄蕩，若隱若現的月亮跟著飄蕩；矗立在半空的商店招牌橫七豎八的飄蕩……大地似乎都顫慄不已。現在沒有颱風，也不是地震，為何如此不穩定。這道理想不出，他也不願想，一心一意的要去找姜青龍算帳。

姜青龍仍坐在原處，兩手伸在身後，兩腿向下傾斜，整個軀體成平滑的梯形。見了他忙問：「送錢來了，是不是？」

大海搖手又搖頭。

「送菸來吸？」

酒瓶急速擺動。

「那麼，你就快點給我走。眼不見，心不煩——」

「我要問你一句話。」大海的舌頭已不聽驅使，但仍賴著不走。「阿珠到底對你說些什麼？」

「問你自己。」

「我說過，記不清了。」

姜青龍連連吐氣。「鐵工比泥水工值錢，有味道？」

大海的臉頰微溫。「那是騙孩子的話，不算數。」

「請在你親戚面前多提拔提拔我。」

看樣子賴不掉了，阿珠眞把話全傳給他。「有時候總要吹點牛，替自己捧捧場——」

「才不那麼簡單哩。」姜青龍的左拳連連向空揮擊。「你是一心一意出賣朋友，奪我的阿珠！」

「冤枉，我沒有奪——」

「你狡賴。」姜青龍霍地站起，雙目瞪視。「你說阿珠像電影明星，將來要做官太太，不能和我在一起。」

「我不是這樣說。」

姜青龍沒有理會，繼續斥責：「我不配和她在一起，你配！」

大海退後一步，再退半步，仍感到對方的威脅和逼迫。「千萬別誤會，請……請你，我沒有那個意思。不要聽阿珠的。」

「聽你的？你的話可靠！」

「我不會挑撥是非，製造糾紛，在中間得一點好處。」

「你還要破壞阿珠的名譽！明天叫她和你當面講清楚，你敢嗎？」

他又退後半步。當然敢，在三人對質的當兒，看阿珠的臉要變成什麼樣兒。想不到未滿二十歲的阿珠，會耍出這一套。早知如此，就不和她聊天說笑了。

細想起來，他自己並沒錯。阿珠上班工作時，穿一套紅色透明的紗衣服。這該是逛街、看電影或是吃喜酒穿的新裝，怎能穿到工作地來打水泥、拌石子。

不穿粗布衣服做工，是阿珠的事，他管不著。可是，她穿起這身漂亮的服裝，在他面前晃蕩，定是要他讚美。所以他才說：「妳看起來像個電影明星。」阿珠噗哧一笑：

「你損我。為何說我像她們？」他回答：「電影明星才跑到這兒來演戲啊。」

阿珠咬著左手小指想了想，像未聽出話中的譏訕，反而得意的說：「我不會演戲，只會唱歌。」

「那麼，當歌星好啦！」

「我不認識歌廳老闆，他們不會來請我。」

大海覺得好笑，她如真去獻唱，準會嚇跑所有聽歌的人。笑話到此結束就好了，但他喜歡吹點牛，故意拍拍額角，裝出恍悟的神情。「噢——我有個同學的舅舅的結拜兄弟，開一家很大的歌廳，請的歌星，沒有妳漂亮，歌也不會唱得比妳好……」

這可糟了，阿珠非常認眞。每天要把新學來的歌，試唱給他聽。殺雞殺鴨般的乾叫，根根神經像被刀銼，全身汗毛倒豎，起一粒粒雞皮疙瘩。儘管如此，他還說所有的歌星都沒她唱得好。她若進了歌廳，穩會走紅，從此就不來做小工了。

大海刺她一句：「那麼，姜師傅呢？」

「才不管他哩，我天生是要當紅星的，誰願意做他太太。」

這樣，他很擔心。只要阿珠和他在一起，姜青龍的眼睛便豎起來瞪他。盡量疏遠，但阿珠仍像橡皮糖似的黏住他，要他介紹同學的舅舅的結拜兄弟。可是他根本沒有這個同學，更沒有那樣的歌廳，願意聘請阿珠去獻唱。阿珠繞著好多彎子，有意無意的暗示他，如果眞介紹她去歌廳，就會無條件的嫁他。當時聽了好開心，事後想想覺得很可怕，那樣做姜青龍會恨死他，他也不能面對大家工作。再說，他年紀輕還想多做事、多賺錢，根本沒想到結婚；就是結婚，對象絕不是那「十三點」的阿珠。他曾竭力躲避——怕纏著要介紹她去當歌星。閃讓著、閃讓著，現在仍受如此的誤會。諒是姜青龍喝酒太多，清醒時該不會有如此想法吧。

「當然敢。」大海挺直脊樑，揮動酒瓶大叫。「明天問阿珠，你就會相信我這個朋友了。」

「去你的，誰和你做朋友，趕快拿錢來！不還錢我就報警了。」

大海揚起空酒瓶，不知道要敲打對方額角，還是捶擊自己頭顱。青龍醉了，他自己的酒喝得也不少。從小石橋回到這兒來，就是爲了這個目的——想把姜青龍打死或打傷？那將是大家談話的好題材。鄰居和工地的人，都評論他們爲阿珠爭風吃醋的事。眞是活見鬼，爲阿珠打鬥，出人命，準被人家笑死；尤其是阿珠，會從睡夢中得意地笑醒。笑他傻，笑姜青龍呆，她隨便挑撥一下，兩個好朋友就成仇敵——他沒臉活在世上，法律也不容許他活下去，唯有走向死亡。

他猛地一驚，酒瓶擊下去要喪失兩條性命。這時恍惚地想不起到底爲什麼來，來了又怎辦。如從橋頭走回家，不再來到姜青龍身旁，就沒有這些難題存在，也聽不到傷感情的言語。

「不要報警，」大海冷靜地說：「明天我一定還錢。」

「那麼，你現在來幹麼？」

「我……我來……」

大海囁嚅地說不出口，空酒瓶仍在半空晃蕩，突地醒悟。「來送空酒瓶給你——」

姜青龍的右手一揮：「要那鬼空瓶幹麼？」

「讓你知道：酒已經喝完了。」

「你是說你喝醉了！」

大海哈哈笑：「是的，我醉了，你沒有醉。你是海量，永遠不會醉，我早就知道了。」

姜青龍伸出右掌重重拍在魏大海肩上：「是你醉了。我沒有醉，我不能向吃醉酒的朋友要債，更不能算舊帳，明天到工地再說吧！」

空酒瓶已「拍碌禿」跌在地上打破，撿起來也不能派用場，眼前的難題算是應付過去，明天怎能當著阿珠面和許多人胡鬧呢？

「明天我不去工地了。」

「幹麼？」

「我要去另一家公司工作。」

姜青龍的眼睛眨了眨：「阿珠呢？」

「我不知道——當然，她還是和你在一起，我去的那家公司，不僱女工。」

大海的肩窩被拍得痠痛。「那麼，你的錢，也不必急著在明天還了；不還也不要緊。」

大海旋身踏著月光向前走時，仍聽到姜青龍獨自咕嚕嘟囔，彷彿醉得更厲害了。他不願再回頭多瞧一眼，因為他知道，姜青龍如深夜仍醉臥在街頭，一定會有好心人送他回家——這想法不對。他已把話說清楚，佯醉的姜青龍，酒一定已全醒了。

——一九六八年九月《中國時報》

曇

雨絲像薄霧，像輕煙，在人潮湧塞的街頭飄颺。

熙攘的男女老少，似對潮溼的煙霧沒引起多大反應，仍蓬勃而旺盛地向四方奔流。

周申亞披鐵灰雨衣，戴天藍色窄簷雨帽，以輕鬆閒適的心情，在匆促的人流中徜徉。炫目的霓虹燈，絢麗的十彩櫥窗，彷彿都收入眼底，也像全視而不見；他工作結束，現在是在這城市最後一夕，明晨就要南下，返回自己的園地，與家人團聚。他鄉的浮華世界，對自己已無多大意思了。

唯一感到遺憾的是，他沒有遵照太太禮琴的囑咐，去看她姊姊丁書琴。他可以編出一百種理由對太太說，工作太忙，沒有時間。或是說，去看了，書琴不在家，所以沒有碰面；也可以說是遺失了地址，無法找到……

理由多少無關緊要，最主要的是太太不會相信他所說的話。這樣，他就落得輕鬆，在色彩繽紛的大城市裡度最後一宵；如果方便，選購一些禮物帶回，將會獲得歡欣和愉快。

在一家百貨公司的門前停下。還沒決定是否要走進去，但身後層疊的顧客，已推擠著他踏進自動敞開的玻璃門。

褪色的雨衣、雨帽，在豔麗鮮明的華洋百貨前，更顯得侷促和腌臢。但他不在乎，仍慢慢逡巡在壅塞的行列間，涉獵自己想購買的貨品。

童裝部、內衣部、皮鞋部、化妝品部……一一滑過。這些都不想買——他是個男人，不會替太太買這些東西；但是，買什麼好呢？

在許多穿著各類服裝的模特兒空隙間，突地有個熟悉的面龐一晃，隨即消失。

他用食指揉揉眼睛，懷疑自己的視力。是因爲念及沒有去看書琴，內心表示歉意，腦中才有書琴的影子出現；還是眞的書琴也來了百貨公司？

不會那麼巧，全是心理作用。五年前，和書琴在這兒買東西，不懂她心理，氣走了書琴；今天舊地重遊，不由得便想起了往日情景，她的影子便會重現在玻璃櫃台前後。

周申亞已踱過圓形櫃台，站在男女時裝部中央。外套、大衣、長褲……各式服裝俱全。有紅的、藍的、黃的……不知太太喜歡什麼顏色。陪書琴在這兒選購服裝，他不贊成買紫色外套，書琴跑出了大門，怎樣也「追」不回來，他算是全部失敗了。

服裝的色彩、款式，各人的喜愛不相同；事後追悔嫌太遲。知道書琴是爲了媽媽過生日，有很多親友來拜壽，才故意讓男友買件新衣服──質料好，式樣新，價錢貴，好在賓客面前炫耀，在媽媽面前正式介紹他出場，接著便訂婚、結婚……

機會是從他自己手中溜走，面對模特兒撐得又挺又豔的時裝，彷彿書琴仍站在玻璃櫃台前。

女店員滿臉堆笑。「要買衣服嗎？」

周申亞插在雨衣袋內的雙手掏出又放進。「我要看看。」

「這件『迷你』短大衣，怎麼樣？」

他搖頭又搖頭，眼光卻停在那件絳紫外套上。顏色差不多，但式樣全變了，這代表歲月和時代的遞變。在轉變中，他鬢邊的髮絲呈現了灰白，已沒有五年前的那種灑脫精神和灼熱的情懷了。

是經朋友介紹才認識書琴的；但書琴對他一直很冷淡。在所有的約會中，都提不起精神來。彷彿沒有可以令她發噱的電影、沒有富於詩意的咖啡室，更沒有風景優美的名勝。飯店、酒館、各種遊樂場……都不能使她賞心悅目。忽然之間發現，進入百貨店、綢緞莊，書琴便會眉開眼笑。

好吧，成天便在鬧市逛商店。每個公司的店員似乎都認識她。書琴和他們談天、議價、批評貨色的好壞，在那種「樂陶陶」的情況下，根本就沒有感到他的存在。有時，她也買些布料和服裝，但從沒有想到爲她付帳。周申亞認爲，愛情絕不是金錢和物質可以換取的，要靠時間及相互了解而慢慢增進。

他這種不卑不亢的態度，和書琴往返了三年，彼此間的距離一天天縮短，隱約之間，已談到訂婚、結婚的時間和細節。可是，書琴說，媽媽要過生日，有很多客人來拜壽，必須買一件新衣服，但沒有說清，是她自己買，還是要他買了送她。

當然是一種錯誤。應該由他主動的買她所喜歡的送她，書琴怎會開口？她看中的那件衣服，不該挑眼，掏錢付了帳，雙方和和氣氣，出了公司大門，情感的進展也許完全不同了哩。

女店員的目光，尾隨著顧客的眼睛，也落在那紫色外套上。「這一件要看看嗎？」

還沒有等到回答，紫外套已平鋪在櫃台上。

價碼釘在袖口上，顏色和式樣都已看清，尺碼大小無法測定。周申亞沒有絲毫考處，便大聲說：「給我包好吧。」

女店員又驚又喜。諒是從沒碰到如此豪爽的顧客。「您決定買了？」

「當然。」

店員一面包紮，一面得意地訴說這件衣服的特點；他只是微笑地看著她、聽著她；忽然覺得身旁有熟悉的說話聲音：「您買這件外套給誰？」

猛地掉轉頭，見一個挺直的女人笑嘻嘻地站在櫃台旁凝視自己。這不是夢幻，更不是飄忽的意念，而是活生生的人。是他不想見而終於見到的書琴。剛才隱約地以爲書琴的形象在晃動，現在知道那想法是完全錯了。

問題擠塞在眼前，必須解答。他告訴店員拿這件衣服時，就沒有想到要送給誰。太太喜歡藍色——深藍、淺藍、寶藍、天藍……從沒有穿過紅色、紫色的服裝。那麼，到底要送給誰？

周申亞舔了舔嘴唇，急遽地說：「送給妳。」

書琴愣了一下，隨即笑出聲。「那太好了，不必勞你送，我自己來拿了。」

女店員連連獻媚：「這位小姐穿這件衣服，又合身、又好看，現在就可以試試。」

看來，只是隨便試穿一下，書琴認爲很合適，就叫店員包紮起來。受主沒有要提的意思，送禮品的人只好提著跟在後面走。

出了公司大門，書琴仍繼續往前走，他本想掉轉頭回去；可是書琴問長問短，不讓他有脫身的機會。他只好壓低雨帽，似乎在遮飾雨絲；但再看書琴全身火紅的打扮，根本沒有把雨霧放在心上，便覺得自己太軟弱、太怯懦了。

書琴說：「你來了這麼久，為什麼不早點去我家？」

「我……我太忙，分不開身。」

「這一定不是眞話。」書琴頓了頓。「你什麼時候回去？」

「明天。」

「好哇！明天回家了，今兒晚上才想到來看我，這成什麼話。」

周申亞沒吭聲，心中加緊盤算退卻的方法。為什麼要去看她，看了以後又怎麼樣？五年前，她如此待他，情感就不會這樣一團糟了。

他對自己的想法猛吃一驚。怎會是一團糟？書琴離開了他，找到一個丈夫，很快地祕密結婚。大家——包括她的父母都反對那樁婚姻，但書琴還是和有婦之夫同居了。

事後，周申亞感到非常愧疚；如果他諳人情事故，慷慨地幫她買了那件衣服，一切的情況就要改觀。書琴會成為周太太，而禮琴呢——當然，會嫁一個比他更好的丈夫。

那是禮琴的口頭語，她一直認爲丈夫先和姊姊建立感情，再和妹妹結婚，就不是一個完整的男人。太太說這話的意思，是怪丈夫，也怪姊姊。就是沒有怪自己。

但實際上誰都脫卸不了責任。書琴賭氣離開之後，他曾多次去丁家看她；出來打招呼的都是禮琴。然後他寫信和禮琴討論姊姊的行爲，再約期面談，很快地表示愛意。

禮琴詫異的說：「錯了，你愛的不是我。」

他答：「以前錯了，現在沒有錯。」

「我姊姊呢？」

「她要抓住那更遠、更縹緲的現實，我追趕不上。」

「那麼，」禮琴的聲調微弱，似乎沒有辦法控制那激動的情緒。「你只抓住我這軟弱的羔羊！」

完全是禮琴的自卑。她沒有姊姊高，也沒有姊姊漂亮，一直認爲是姊姊手下的敗將。實際上，她沒參加姊姊的競爭場面，而是姊姊把勝利的果實奉獻給她——因爲有了姊姊的狂放不羈，才顯得出妹妹的溫柔、體貼可愛；有了姊姊的不拘名位，才顯出彬彬有禮的妹妹可貴。

「不，妳是天使，」周申亞用堅決的口吻說。「妳姊姊才是落入虎口的羔羊。」

現在，這羔羊變得多了，像煞一隻雌虎，口口聲聲逼他，追問為什麼不去看她。怎麼回答這問題呢？

周申亞仍伸不直舌尖。「我……我總……覺得不方便——不大方便。」

「那有什麼關係，我們是親戚啊。」

「我……我怕見，怕……見……」他一時想不出怎樣稱呼和她同居的丈夫，舌尖連連打滾。「怕……見生人。」

「你眞是多心眼兒，哪兒來的生人？」在吵吵嚷嚷中的書琴，突然頓住，幽怨地低聲說。「我成天都是一個人在家。」

「妳……妳的先生呢！」

「他一直都是在『那邊』；『那邊』管得很緊——」書琴的話愈說愈低，最後只剩一撮語絲，無法辨別詞義。

再沒辦法接腔，唯有聽到高跟鞋沉重遲緩地敲擊水泥路面，發出空洞洞回聲。周申亞眞想責問，五年前為何沒想到這一點，現在該是一切都嫌太遲了。她總認為自己年輕、漂亮，想到哪兒便可以做到哪兒——百樣事都可以任性，婚姻怎能當兒戲；在他們感情決裂的時候，曾再三的警告過，她都沒聽進耳去，此刻該憶起他勸誡的話了吧。

書琴腳步遲緩，已和他並肩走著。他時時刻刻找機會，想把手中提的紙盒交給她，便道聲「再見」離開。可是書琴不讓空隙加大，立刻用言詞塡塞。

「我早就想和你談談，到今天才實現。」

周申亞大吃一驚，忙問：「談什麼呢？」

「假使你和我結婚，會這樣待我嗎？」

「不知道。」

「你是說謊話騙我，怕我心中難過是不是？」

他不想再用言辭回答。這樣談下去有何意義。過去的事如果有了錯誤，已不能追回改正。而眼前鐵般的現實，根本就不容猶豫和懷疑。太太在他離家時說：「你應該去看姊姊。」

「爲什麼說『應該』呢？」

「她近來很不愉快，常常鬧情緒；如果有人和她談談，也許會開心些。」

偷窺太太臉色，想知道她說的是眞話，還是試探的話。太太認爲他和書琴來往了那麼久，已到了談婚嫁的階段，情感上必然越過了友誼的柵欄。談到這兒，太太就有無限的遺憾，彷彿很後悔和他結婚。

可是，這次要他來看書琴，似乎出於眞誠，沒有酸酸的澀味。平常，姊妹倆經常有書信來往，太太給他看，他也沒想到書琴會在信中說些什麼。從眼前的蛛絲馬跡判斷，書琴的婚後生活，一定很不快樂。

「我眞的不知道。」周申亞停下，自然而然地把紙盒遞在書琴手中。「一個人在不同環境下，會有各種不同的改變，是沒法預先估計的。」

「我想，你是只會變好，不會變壞的。」

這又有誰能相信。在此時此地他都不相信自己能做出什麼事來。來到這城市三個月，沒有去看書琴，是逃避現實，是怕書琴——不，是怕自己不能控制壓抑已久的情感，所以才逃避。口裡、心裡都不想去看書琴，但潛意識中仍存有會晤她的慾望；不然，爲什麼會進入那家百貨公司，選中那件紫色外套。

周申亞打了一個冷顫。如自動去看書琴，知道她同居的丈夫已離開了她，在如此情況下會晤，將有如何的後果。

他不敢想下去，只有再回到現實世界。

霓虹燈仍閃爍不停，但他們對面僵立，互相凝視，彷彿誰也不認識誰。他們之間的距離很近，伸手就可以攫住對方；刹那間，他便覺得相隔非常遙遠——有如五年之久的時間這樣遼闊，中間還有重重疊疊的屏障；他們都已婚，而且是親戚；沒有什麼好談，更沒有什麼好留戀的。美好的記憶，都已被現實擊碎，唯有面對現實，認清自己，不能再和書琴胡扯。她已走錯了一次，不能使她再錯下去。

「是的。」他說：「我會做一個好丈夫，絕不使禮琴失望。」

書琴愕然。「妹妹知道你來看我？」

「是她要我來的。」他想想又添了一句。「禮物也是她要我送的。」

「禮琴是好太太，你也是好丈夫。」書琴輕喟了一聲，舉起手中的紙盒搖了搖。

「那麼謝謝你們夫婦了。」

周申亞轉身離去時，在迴旋的當兒，似乎看到書琴眼角的淚珠，正被霓虹燈的光輝，映出虹彩；但面龐顯得更蒼白、更瘦削。他內心雖增加了憐憫的分量，但久鑄在胸頭的難題，一旦獲得解決，反而有輕鬆的感覺。他舉起頭上的舊雨帽，在半空晃動，不知是表示再見，還是說天空的雨絲已斷線，天候已轉晴，用不著雨衣、雨具了。

——一九六八年十二月《創作》

釣餌

扁圓的鐵盒捏在手裡，盒蓋沒有打開，洪如海仍感到蚯蚓在盒裡蠕動。

他肩著釣竿，一雙長統雨靴，踐踏在泥濘的道路上，抓鐵盒的左手，不由得上下搖擺；蚯蚓也許已被搖昏，沒有伸縮的能力了。

洪如海吃力地爬上斜坡，看到前村毛大龍的房屋。從右側的小路走向河畔，便不要經過毛家的住宅；但衝下斜坡時，改變了主意，仍直向毛家走去。

那是朱銀芬的主意，要他和毛大龍舉行釣魚比賽；誰釣的魚多，她就幫誰燒魚，整個下午就玩在一起……銀芬的話雖沒說完，但可聽出整個禮拜天，她都是屬於獲勝的人。

他已很多年沒抓過釣竿。年少時，常和鄰居的伴侶，在寬闊的河邊釣一個上午，或是一整天；但長大後，天天駕著運貨卡車，天南地北的飛駛，已定不下心來靜坐河邊，注視那釣絲抖動了。毛大龍要比他幸運，自家開一間雜貨鋪，父母和弟妹都幫忙看店，每天都可以抽暇去河邊練習，既曉得水性，也了解魚性。

他實在不想和毛大龍比賽，但爲了銀芬，不得不硬著頭皮去毛家。

他把雨靴的爛泥，在門前水泥地上跺掉一些，才踏進毛家店門。靜靜的，沒有任何嘈雜的聲音（平常他家那九燈的收音機，總是吵吵鬧鬧的），只有毛大龍的十一歲妹妹小英，在帳桌上畫貓、畫狗。

「妳大龍哥哥呢？」

小英抬頭迅速的一瞥，又低頭用蠟筆塗抹。「他說不在家。」

洪如海用鐵盒敲擊長竹釣竿，笑著說：「那麼一定在家了。」

「誰說的？」

「是妳啊！」

「我沒有說。」

他停頓一會，又用鐵盒敲竹竿。「妳看這是什麼？」

她又抬頭眨了一眼。「一定又是什麼糖球，我才不要吃哩！」

「妳猜不到，猜到我送妳一盒。」

「煩死了，你說嘛。」

「妳哥哥在哪裡？」

「他在睡覺。他和朱小姐玩一晚，累死了，不准人吵他。」

洪如海把鐵盒打開，伸在小英面前一晃。

「你眞壞死了。」她連連向後退縮。「早曉得是這鬼東西，我才不說實話哩。」

雖然沒有帶錶，但他隱約地知道，已是十點鐘左右，毛大龍怎麼到現在還不起床。緊抓釣竿，頻頻搗戳著水泥地面；洪如海無法決定喊大龍起來，還是轉身回家？

毛大龍和他是小學同學，兩家距離很近，感情處得不錯。有一次，他家裡請客，進城採購許多吃的、用的東西，沒有到毛家購買。第二天大龍來責問：「你怎麼瞧不起人？」

洪如海驚怪地回答：「我沒有這個意思。」

「爲啥不來我家買東西？」

「我進城買魚肉、海參，順便帶一些——」

「胡說八道。明明你嫌我家的油鹽醬醋貴，還要賴不承認，眞不夠朋友！」

一句句頂撞起來，衝突起來。不夠朋友被認定了，就不夠朋友吧！他家以後用的吃的都從城裡由貨車運回。毛大龍看見了吐唾沫、乾瞪眼。他雖然麻煩些，但覺得便宜不少。如果他有足夠的資本，也開一家同樣的雜貨店，和毛家別別苗頭。

那只是情感上的小裂痕，眞正鬧翻了的是爲了銀芬。她長得不算漂亮，黑黑的皮膚像是成年在外面風吹、日曬。可是一雙大眼睛裡的瞳仁，嘰里咕嚕會說話；再加上她在一家小公司裡當打字員，在這村前村後，女孩子在外面上班賺錢，算是第一號人物，所以他和毛大龍都喜歡她。

這不到二十歲的黃毛丫頭，算是鬼精靈。他們二人的神魂似乎都已顚倒。有時，他覺得自己和阿芬的情感距離近了，隨即發現毛大龍和阿芬處得要濃些。他已下很多次決心，戒絕和她來往。疏遠她還不到一個星期，阿芬又跑上門來問長問短。「是不是生氣了？」「另外找到女朋友了，什麼時候請吃喜酒啊……」一直逗到失聲大笑，和她沒有隔閡爲止。

他們三人已很久沒有聚在一起了。這次又是阿芬出的鬼主意，要看他們釣魚。如果這時賭氣回家，豈不是讓給他們最好的親近機會？從小英的口中，知道他們已親密了一晚，再加上今天的聚會，他就被甩在腦後，永遠趕不上毛大龍和銀芬的感情了。

釣竿斜倚在牆邊，躍進大龍睡覺的房間，大龍直挺挺地躺在床上，鼾聲似悶雷。

洪如海扳動睡覺人的肩頭；但呼聲似乎更大些，沒有覺醒的意思。不知是眞睡還是假裝，他又氣又急，拍響肩頭大叫：「大龍，大龍，你忘記釣魚了？」

回答的是又粗又重的鼻息聲。

「如果你不去釣魚，算是棄權，銀芬今兒就和我在一起……」

還沒說完，大龍已像跳蚤一樣縱起：「去，去！我們現在就去！」

看來大龍是早有準備，釣竿和釣絲都是簇新的，是機動的釣具。和他同時走在路上，也感到自己非輸不可。

雨停歇了約三個小時，天空仍有翻滾的雲層，河水比平時增高了許多，快要升至堤岸邊緣了。

渾濁濁的河水流著，他們在激流中撒下釣絲。蚯蚓沒有被搖死，仍在盒中膩膩的游動。

大龍抓著新式的釣竿，一副得意的神態。「老式的釣魚方法不行了，今天你看我的。」

洪如海沒有回答，只是覺得釣竿有不少力量，似乎有魚在呑食蚯蚓。他急忙舉起竹竿。沒有魚跟出水面，但鈎上的蚯蚓已不見了。

他又從鐵盒裡抓一隻蚯蚓，貫穿在彎曲成「L」形的鈎上，又拋進水中。

大龍譏笑地說：「你這餌太香，又是活的，魚不敢來吃。」

「你用什麼餌？」

「我這餌是用科學方法製造的，適合各種魚的胃口，今天穩贏你。」

可是，洪如海舉起鈎，一條巴掌大小的鯉魚，在半空騰躍。

從彎曲的鈎上摘下魚；魚確是太笨，蚯蚓仍纏綿在鈎上，沒有吃下肚。

洪如海把魚放進堤旁的漥坑內，魚在泥漿水中躍動數次，便安然地休憩。

兩隻釣鈎都放在滔滔流水中，二人均注視那漂移的浮標。忽然身後有女聲大叫：「誰的成績好？」

不用掉頭看，就知道是阿芬來了。洪如海雖對自己釣到一尾魚感到高興，但內心仍很緊張。如果毛大龍釣到一尾大的，他就反勝爲敗了。

毛大龍已拋掉魚竿，迎向跳來的阿芬。「妳不必性急，最後勝利，必然是屬於我們的。」

阿芬沒有理大龍，走近半蹲半坐的洪如海身旁，彎腰拍他的肩頭。「你很棒，現在是『一比〇』領先。」

如海扭轉脖頸謙遜地笑。阿芬穿火紅的迷你裝，短套的「阿哥哥」鞋。看來又年輕、又俏皮，更是漂亮可愛。

大龍立刻把不滿鐫刻在臉皮，坐在半截斷石上，氣嘟嘟地抓緊釣竿發呆。

他們相互提起釣餌，但魚兒都沒有上鈎。

銀芬看到洪如海的釣餌被吃光時，忙爲他打開鐵盒，準備替他上餌。但看到蠕行的蚯蚓，又縮手大叫：「你怎麼用這個騙魚！」

「沒有騙，是魚自己上鈎的。」

「用別的餌呢？」

「不曉得。」洪如海不想和她爭辯，所有的餌，都是套在彎曲的鐵鈎上。「不過，貪嘴的魚，都會上當的。」

「唔，唔，有道理。」阿芬雙手背在身後，挺直脊樑，在他和毛大龍中間踱步。

大龍仍靜靜注視河水，和以往的得意和自負的神情大不相同。如海感到詫異，他想，大龍一定急於要釣一條大魚爭取最後勝利。

倏地阿芬大叫：「你們看！他們在幹什麼？」

如海順著阿芬手指的方向，見上游有三四個人，在河岸彎曲的地方，築起一道土堤，與河流隔絕。他實在想不出他們是在做什麼。

大龍已脫口喊出：「啊，他們是在炸魚。」

阿芬問：「怎麼炸法？」

「看樣子，一定是用炸藥。」

三人的目光，都從浮標移向那一夥忙碌的人們附近。他們或蹲或坐，一會兒在岸上，一會兒又跑進水中。大約過了五分鐘光景，那夥人都伏在堤岸旁。訇然巨響過後，他們都提著籃子，躍入水中，可是他們築的那道小堤，已被炸毀。

阿芬用兩手遮住額角，向前眺視。「有好多魚啊！他們都在搶著抓。」

大龍說：「別慌，魚馬上就來我們這兒了。」

阿芬問：「是死的，還是活的？」

「當然是死的。」

「死魚還會上鈎！」阿芬笑了起來。「你們也去抓吧，誰抓的魚多——」

她還沒說完，大龍已摔掉魚竿，高聲響應：「對，對，我們何必費神、費事釣魚，趕快去抓吧！」

洪如海仍蹲著不動，慢慢地說：「魚不會全炸死；只要魚活著，一定喜歡吃蚯蚓。」

許是大龍對釣魚已失去信心，或是急於要獲得錦標，沒有接受勸告。脫去上衣和鞋襪，捲起褲管，便往河內衝去。

洪如海大聲阻止：「不能去。今兒水太深，這兒的河床也高低不平。」

「笑話，我在這河裡洗澡、游泳長大的；河底每個坑、每個洞都摸清楚了，怕什麼？」

阿芬豎起大拇指，慫恿地誇獎。「英雄，眞了不起！你抓到魚，拋給我，我幫你計數。」

抓魚的人已進入河中，洪如海的氣憤難平。釣活魚和抓死魚的性質完全不同，怎可以參加比賽呢？釣魚是一種雅興，現在和炸魚的、抓魚的人聚在一起，情趣和氣氛全被破壞了。該抽身回去，讓他們去胡鬧吧。

難道願意看著銀芬和大龍親密地聚在一起？

他仍猶豫地握著釣竿。

眼看著大龍已涉近河心，水已高達胸脯。他大聲歡欣地叫：「我已抓到一條魚了，阿芬，妳看好大啊！」

約七八寸長的魚，高舉在手中搖晃。

阿芬問：「是活的還是死的？」

「剛死不久。」

「抛上岸來吧！」

大龍作抛魚的姿勢，突地尖叫「哎唷」——一聲。魚沒有抛出，人已沉下水去。

銀芬驚叫：「糟了，淹死了。」

如海仍僵坐不動。「不要緊，大龍游泳技術高，淹不死的。」

不錯，大龍的頭顱又浮出水面，兩臂高舉：「快，快，救命啊！我不行了，抽筋——」全身又沉下水去，兩手擺了擺，又滑入水底。

洪如海的心尖顫動。大龍是眞的抽筋，還是開玩笑？他坐在這裡等待，還是躍入河中去救他？

阿芬說：「你看毛大龍眞會耍狗熊，裝得眞像。」

「說不定是眞的抽筋。」

「抽筋才好哩，你趕快不要救他。他昨晚上還說你壞話，希望你早死哩！我可以證明，不是你推他下水的，如果他死了……」

腦中「嗡」地一聲，他已聽不清阿芬說些什麼了。「如果他死了」，「如果他死了」……這是他早已存在腦中的意念，今兒無意間突然實現這幻想。那時，他可以開雜貨鋪，沒人和他競爭阿芬。阿芬將是他的愛人、太太。他愛阿芬嗎？阿芬愛他嗎？阿芬的男朋友很多，有人看到她和一個黃鬍子的男人去觀光飯店，又有人見阿芬和一個披頭型的太保親暱得過火，警察出面干涉。……大龍如不幸被溺斃了，仍會有更多的情敵，阿芬會喜歡天下更多的男人，他永遠得不到阿芬……

魚竿已滑入水中，洪如海不知是自己拋下去的，還是被魚拖走的。他連衣服躍進河中。阿芬的驚叫和吵嚷都聽不到了，直向大龍沉水的地點游去。

是的，他有這個力量，也有這個把握，可以救助大龍。當他游近河心時，大龍的天靈蓋又冒出水面一下，他從身後，抓住大龍的頸子托起了身體。

河床確係不平，大龍諒是陷入深坑。現在向前游了兩步，雙腳已踩到砂石了。抓魚的人喝的水不多。他擔起大龍的腰，使腹中的水吐出，再施行人工呼吸，阿芬用雙手按摩，一會兒便甦醒過來了。

大龍睜開眼見到他和阿芬，連忙又閉起，呢喃地說：「我該死，我該死。」

阿芬蹲在他身旁安慰地說：「你已活過來了。」

大龍仍閉著眼睛說：「我該死，我對不起如海，我心眼兒不好，想要自己作釣餌，去害如海——」

洪如海全身顫慄，想到鐵盒中蠕動的蚯蚓，涼意侵襲心田。不錯，他臆測的沒有錯，大龍是假裝抽筋來釣他上鈎，不幸是真的抽筋了。如果他信阿芬的話，大龍絕不會活在人間。

「如海，原諒我嗎？」大龍睜開雙目，直視著救他命的人。「我不如你偉大，再不和你爭阿芬了。」

如海沒有回答，和阿芬交換一個會意的目光，伸出右手輕撫著大龍溼透了的髮絲，自己覺得鼻腔梗塞，淚水快要溢出眼眶了。

——一九六九年一月《後備軍人》月刊

抓賭記

踅入短巷，是一條窄而長的水泥路；張貫恕很喜歡踏上這堅硬的路面，但又怕聽到自己踐踏的聲音。長路盡頭是自己的家，兩旁的鄰舍認識他；他家中一舉一動，誰都很關心。這時，他領著效仁深夜回來，看到家門口的燈光，有說不出的欣悅，剎那間想到探首偷窺的鄰人，見到效仁的影子，又搗戳談說，揣測猜疑，內心便涼了半截。

想告訴效仁腳步輕些、慢些；但效仁穿著有鐵釘的皮底鞋，又響又重，人人熟悉這聲音，諒必瞞不了，快點回家便一切獲得解決。

效仁竄上前去捺門側電鈴，一次、兩次、三次……沒有回聲。諒等得不耐煩，已提前睡覺。誰都知道效仁闖了禍，警察機關通知家長領回。年輕人打打鬧鬧雖算不了什麼大事，但被打的家長報了案，事情就不算小。家中人怎會寬心睡得著？

兒子對電鈴失望，扭轉脖頸凝視父親，略表驚異。張貫恕從褲旁插袋摸出鑰匙，打開鎖，讓兒子進門，自己跟在後面。跨入客廳，便覺得不對勁。室中燈光黯淡，沒有聲音，不像是熟睡的樣子。

僅在室中猶豫了片刻，效仁已從後面躍出，大聲叫喊：「沒有人了，家中一個人都沒有。」

「胡說，」爸爸不信。「他們一定都睡熟了。」

「我每個房間都找遍，沒有一個在家。」

「哪兒去了呢？」張貫恕連連搔頭。「他們也要去接你回家？」

「不是，不是。」效仁從茶几的菸灰缸下抽出一張紙條，大聲念道：「王經理太太來電話，非要我去不可——」

張貫恕伸手搶來紙條，急忙往下看。「我去應酬一下。如餓了，冰箱裡有吃的，不夠可以到街上買一點……」

紙條沒有看完，便被捏作一團，拋在牆角。

「爸爸，這裡還有一張。」效仁的聲調，有幸災樂禍的意味，高擎著紙條，連連擺動。

「那是誰寫的？」

「大妹麗珠。」

爸爸氣得說不出話。「麗珠也去打牌！」

「是跳舞。」

張貫恕隨即僵倒在長沙發上。有這樣對家庭不負責的媽媽，才有不聽話、行爲乖張的兒女。效仁在警局說，爸爸不管我，媽媽管不了我，所以才向外發展。

怎會是不管，那是因爲成天在外推銷肥皂粉，東西南北，大街小巷，跑遍了每個城鎮鄉村；爲了營業，也可說是爲了生活，不得不把教育孩子的問題，交給太太負責，誰知媽媽竟管不了他們。

效仁的話，欠缺可靠性。媽媽不是管不了，而是沒有時間管教。一個禮拜，有六天坐在牌桌上。僱人燒飯、洗衣、打掃房屋。孩子放學回家了，大喊小叫，媽媽不會答應，只見一張紙條，告訴這、指示那。孩子們對媽媽失去信心，管教還有什麼效果。效仁沒有釋放回家，媽媽居然有心情打牌，麗珠才敢去跳舞。

「再去找找看，」爸爸用手掩著臉，「麗玲有沒有紙條留下來？」

效仁得意地跳躍而去，彷彿找到別人短處，就顯得他的錯誤輕微。高中讀了五年，連換了三所學校，從聲譽最好的跌入管教最差的學校，信心和羞惡心有如蔥皮被剝光。最初確是小過失，借學校的籃球遺失了，沒有歸還，記大過。和同學吵嘴，搬起座椅打人，又記大過。開始變換環境了。自己騎的自行車，由學校代為保管，可是，沒有經過保管人的同意，就把車拿走。保管人四處尋找不見，以為被竊，便到處報案；後來查出由他自己騎回，當然就要受處分。

過失大小還在其次，效仁總認為自己沒有錯。但誰錯了？或許會冤枉一次，難道每次都是別人不對。有了這種偏差，才連連闖禍受處分。做父親的眞記不清那許多舊帳，唯有眼前的事實，歷歷分明。效仁對訊問的警員說，他現在安分守己，為了防衛自己，不得不和別人吵架。

不但警員不信，就連做父親的也半信半疑。可是效仁說得非常逼眞。他在教室潛心閱讀——不用功還行，馬上就要考大學了哩。但是鄰座的大高個子逗他、嘲笑他，用蔴繩扣成圈兒套他，都沒答理。平時一夥兒玩慣了的，他突然嚴肅起來，誰都摸不清脾氣。然而，大高個子像是瘋了，摸出一把銳利的小刀，颼地一摔，刀尖直撲向自己。當時，他嚇了一跳，猛以為刺中自己咽喉，頭一偏，身體一閃。還好，刀尖斜插在書頁和桌面上。沒有考慮，沒有時間考慮，迅捷地拔起利刃，往對方猛戳。還算不錯，因他是坐著，而大高個子是站著。他本想刺進對方小腹，現在僅傷了大腿，算是不幸中的大幸。

效仁說句句眞實，沒有一字謊言。送大高個子進醫院急救，病情諒不嚴重，家長才願意和解。條件是負擔全部醫療費用。私的方面談妥，公的方面很難交代。「殺人未遂」或是重傷害，都要受刑事處分。幸好是未成年，先行具保候傳。辦妥繁雜手續嘆口氣，滿以爲回家可以輕鬆一下，誰知更煩惱，空氣更沉悶；連訴說滿腔憤怒的對象也沒有了，這還算什麼家庭。

沉重的步履聲，帶有輕率意味，從走道踏出。猛抬頭，見效仁抓一張紙條，在半空搖晃著。

爸爸驚訝：「麗玲也像媽媽一樣，留下紙條？」

「不是，不是。」兒子搖手頓足。「比留紙條更糟。」

麗玲才十四歲，平素不多講話，也不和哥哥姊姊爭吵。看起來沒有個性、沒有慾望，彷彿是多一口氣的大洋娃娃，怎會有更糟的事發生。

「孩子，快說吧，爸爸受不住了。」

「麗玲已兩天沒有上學，這是學校的曠課通知單。」

張貫恕從長沙發上躍起，搶來紙條。效仁的話沒有錯，油印的長紙條更不會假。他頹然倒在原處，突地覺得一股寒氣，從喉管直撲心胸。眞想不到今晚的難題是這樣多，而每個難題都擊潰了他。

他呻吟著說：「你媽媽看過這紙條沒有？」

「不知道。」

「你在哪兒找到的？」

「媽媽的梳妝台上。」

毫無疑問的是看過通知單後，才出去參加「牌會」。難道做母親的不擔心麗玲的安全，能從容地坐在牌桌上，計算輸贏的籌碼。

父親倏地站起，把紙條用兩手揉成一團，猛拋在牆角，大步跨向門口。

效仁在身後囁嚅：「爸爸去哪兒？」

「找麗玲。」

「我和爸一道去。」效仁跟著走。「怎樣找法？」

「去派出所。」

兒子的腳步踟躕不前。「我怕——怕找不到……」

他領會兒子的意思，剛從派出所出來，又回去，豈不是留話柄。何況效仁已怕去那執法的地方，所以才阻止父親前往。

張貫恕僅在腦中思索極短的片刻，匆遽地邊走邊說：「你不要去，在家看門；我先去報案。」

「不要，爸爸。我們應該先去找媽媽，問媽媽，最起碼應該問問麗珠，說不定她們知道麗玲在哪兒。」

效仁的頭腦不差，只是沒有專心注重學業，而又喜歡打抱不平，所以常常惹禍。現時按照效仁的分析，該算是很有道理。但他能跑到王經理家敲門，把太太硬從牌桌上拖下？這做不到；做了以後，對事沒有幫助，反而增加夫妻反目的藉口。

「反目就反目吧！這樣境況，無法再忍受。」張貫恕內心對自己說，但腳步仍在門檻左右挪移，打不定主意是走出，還是回到室內。

爸爸扭轉軀幹對兒子太吼：「你先去問問麗珠。」

「我……我去哪兒問？」

「先打電話問她的同學！」

平素效仁定會表示不願，或是找出理由辯駁，但今晚顯得特別溫馴，僅是翹起嘴唇，去牆旁的桌上，拿起聽筒，撥電話號碼。

現在又有理由回到客廳，等待麗珠的消息，張貫恕仍斜臥在長沙發上。他確認自己是不想去警察機關，要效仁去打電話，只是一種藉口。兒子剛因打架保釋回家，又是女兒離家出走，說出來便會感到十分丟臉。而且那主持詢問的警員，詞鋒銳利，追根盤詰，剝繭抽絲，便會將太太成日打牌，不照顧孩子的點點滴滴追究出來；那樣，他這做丈夫的和做爸爸的在警員面前，更沒有絲毫地位。

效仁聳肩搖頭，攤開兩手，表現出無可奈何的樣子。「沒有，她的同學都沒和她在一起。」

「問過你媽媽？」

「我不敢打電話去——」

「就說是我叫你打的。」

「那也不行。」效仁舔舔嘴唇。「媽贏錢時不接電話，輸錢更不接。如果有事煩她，輸了錢，回來後，我們的日子都不好過……」

兒子沒說下去，似乎在追憶往日不好過的情景。當然，他比效仁更清楚太太的脾氣。不管夜有多深，邊捏著嗓子叫「效仁，效仁」，邊用手捶門，捺電鈴。從不讓開門人有穿衣、趿鞋和走路的時間，恨不得她的喊聲具有電波或磁石，能自動開啓門鈕。

嫌人開門太慢，說是存心不讓她進門——這僅是罵人開端的一種藉口，接著便說老的小的沒良心。一個人沒有任何嗜好，摸幾張牌消遣消遣，全家瞪著眼對她，都希望她早死早亡。

實際上，全家人的眼睛閉得很緊，酣睡得不知天高地厚；如不是她的高跟鞋敲醒別人美夢，大家彷彿已忘記她的存在；最起碼在極短促的時刻，就沒人想到有這樣一個不盡職的家庭主婦在打牌。

既然家裡的人都在暗地詛咒她，公開反對她。她的心情惡劣得像早晨的濃霧，用盡力量也揮不脫、洗不盡那渾渾濁濁的迷濛，怎會不將大把大把的鈔票輸光。

輸光是因爲賭資缺乏，運氣太差；這兩項都是受倒楣的丈夫，和不爭氣的兒女連累。哭著、鬧著、訴說著，誰也沒答理，但是做丈夫的不講話也不行，要太太永遠在家受苦受難。爲什麼不多賺錢，爲什麼沒有良心，不讓她有安靜的環境——既然如此，大家都不要安靜。說著、說著就開始摜碗盤、摔菸灰缸、撕毀衣服……是驚天動地的咆哮，全家大小顫慄不已，有如面臨世界末日。

效仁不敢打電話給媽媽，是小心謹愼的後果；做父親的沒有理由逼兒子那樣做；做了以後，會全家得不到安寧……

能任麗玲在外面遊蕩？十四五歲的孩子，拿不準碰到什麼壞人，做出什麼壞事；那樣，做母親的將會遺憾終身；他這父親眼睜睜的看著不幸發生、興起，而無法阻止，眞是有虧職守。

張貫恕霍地站起，直向電話機旁衝去。

兒子驚詫地問：「爸去找媽？」

「不。」

「打電話給誰？」

「派出所。」

「不要，爸。」效仁囁舌搔顋，右手擺動。「家醜不可外揚，我們還是自己想辦法去找……」

然而，聽筒已抓在手中，不能因兒子幾句話就擱下。事實挺立在眼前，這難題自己根本無法解決，必須藉警察的力量協助。

於是，撥通了電話。

接電話的正是主辦效仁傷害案件的警員，雙方都感到驚訝。

警察劈頭就問：「你的少爺又離開家了？」

怎會有如此的想法，和他同時回來，會中途離開？難道又以為效仁是去打架。

「不會的。」張貫恕用堅定的口吻否決。「他已受過一次大教訓，不會再做錯事了。」

「很好，很好，我希望他不要替大家添麻煩。那麼，您現在有何貴事？」

「為了我的小女麗玲……」

「女孩子也和別人打架！」

「不是打架，是出走。」

「走向何處？」

張貫恕有點氣惱，知道去處，還來囉嗦，直接找回不就得了。他大聲說：「所以來報警。」

警員問了身高、年齡、外表特徵及所穿服裝。

不得不表示歉意，因為他無法說出麗玲穿什麼、戴什麼。「這個很重要麼？」

「是最顯明的標誌，從服裝上也許可以獲得線索。」警員的話停頓在半空。「她的母親一定會知道。」

武斷。根據常理推測，母親會知道女兒穿什麼、戴什麼。別人怎知道麗玲有個不盡職的母親。

「她母親和我一樣：不知道！」張貫恕氣憤地回答。

「爲什麼？」

「她根本就不在家。」

話筒中傳出駭怪的語氣。「在哪兒？」

的確是個好機會。太太天天打牌，他始終沒有報警的意願。現在是警員問他的——管區警員是無所不知的，許已全部清楚了，才故意裝傻的詢問，說不定此刻，已有大批人馬包圍著王經理的家，太太已成甕中之鱉，做丈夫的何必替她隱瞞。

「在打牌！」

「知道打牌的地點嗎？」

沒有考慮，也不想考慮，便把詳細地址告訴對方。

聽筒中輕輕哼了兩聲，還問有什麼要補充的。

沒有，雙方聽筒放下，但耳中仍有嗡嗡的回聲，有如鋼輪在軌道上喧鬧：「爲何報警？爲何報警？爲何……？」

猛抬頭，見效仁直挺挺地愣在身旁，驚詫地問：「爸這樣做了，以後怎麼辦！」

「不能怪我，那不是我的錯。」

「可是，媽不會原諒爸的。」

兒子說的每個字，像一枚一枚鐵釘，塞進腦門，不容有絲毫閃避退讓的空隙。太太絕不會原諒他報警的行爲；但是，效仁卻沒有想到，爸爸也十二萬分的不原諒媽媽的以賭爲業。他這樣做，只是給太太一個教訓，讓她多一次反省的機會：一個正常的家庭，怎能把大好時光，全部消磨在牌桌上，不顧丈夫的生活、兒女的教育！他已忍受了近二十年，今天才把積怨傾瀉了一部分，原諒與否，完全是太太的事了。

「孩子，」父親撫摸著效仁的頭頂。「你去睡吧！多一次教訓，便多得一些生活體驗；大人的事，你不必擔心，還是多想想自己的未來吧。」

「爸，家中出了這樣多問題，我睡不著。」

沉思，沒有適當的詞句安慰兒子；更找不出理由，替自己的行爲辯護或是解釋。難題一個個緊接著滑臨，他實在撐架不住……

「鈴……」

兒子看向爸爸：「是電鈴聲？」

父親點頭。「你去看看是誰。」

效仁踏著遲疑的腳步走出門外。

他想不出(也沒用心想),此刻到底是誰來敲門;但只是刹那間,兒子已跳躍著衝回,大聲嚷道:「媽媽和妹妹都回來了!」

爸爸認爲兒子是騙他,賺得片刻的高興;然而院中嘰喳的人語,已聽出太太又高又破的嗓門,他說不出自己是高興還是失望,對剛跨進門檻的太太問:「妳沒有去王經理家打牌?」

「去啦。」太太拉長得意的聲調。「但坐上牌桌,還是對麗玲的逃學放不下心,就臨時請了假出來抓他們——」

兒子插嘴叫:「抓得好!」

媽媽不屑地看了兒子一眼,繼續報告得意之舉。「想不到東尋西找,打了幾個圈圈,整晚的時間都浪費在這小鬼身上——」

兒子又叫:「媽該感謝這小鬼!」

「爲什麼?」

「爸爸已報了警。」

媽媽縱聲大笑。「不要勞動警察，我就抓了回來。以後，眞要用根繩子，把你們都拴了起來。」

效仁還想說什麼，但爸爸舉手一揮，滑到唇邊的話又被擋了回去。

丈夫說：「我們要拴孩子，自己必須抓住繩索，才有效果。」

太太愣了一下，若有所悟。「你是說，我不該出去應酬？」

「當然，孩子必須有人管教。」

兒子說：「媽媽出去了，我們都不想待在家裡。」

麗玲說：「我一個人在家，沒有東西吃，也沒有人和我談話，又寂寞、又害怕，所以我才溜出去玩兩天……」

「你們都不要找藉口來騙人了！」媽媽有力地搖動雙手。「我以後成天管著你們，再不出去打牌，看誰敢——」

效仁搶著說：「警察就不會抓妳了。」

媽媽懷疑地問：「抓我？」

「當然。」兒子學著爸爸的口吻。「誰不守法就抓誰。」

爸爸大聲吆喝：「少廢話，你惹的事已夠多，還不早點去睡覺。」

孩子們一個接一個走向後面，客廳中突然靜寂下來，母親高舉雙臂伸懶腰。「今兒累了一天，我也要去休息了。」

「當然，當然。」丈夫頻頻答應。「孩子回來了，我還要打個電話給派出所。」

張貫昶抓起聽筒，撥通電話，太太已走進房間，聽不到他說些什麼了。

——一九六九年二月《青溪》月刊

霧中雲霓

牆壁、天花板滲出油膩膩的白光，窗面玻璃透現濛濛霧白，晃動的是女護士的白帽、白鞋和潔白衣衫……彷彿凝成一片白色世界。

劉水源調整自己的病床成「V」字形，斜躺著瞪視那扇吱吱響的板門，一會兒被推開，一會兒又闔起。很失望，進來的不是護士，便是同室病患的親屬；探望他的人一直沒有進門，眼前只是無垠無涯的灰白。

倏地有一個奇異的念頭在腦中閃爍：他盼望誰？任何人都不知道他住院，他又沒把住的病房告訴任何親友，怎會有人來看他。

他覺得自己沒有病，根本不應住院，糊裡糊塗被送來；興了出院的念頭，又被自己懶散的心情打消；現在不轉瞬地注視那扇圓門鈕，等待又等待，眼球又痠又脹，時時見銀白色精細鍊索，在虛空騰躍，連環地一節又一節，像無線電波，揮不去、抓不來，倍增苦惱。

不錯，當時他是暈倒在錢美娟家門口，地面溼漉漉的，滿是泥漿，栽倒的剎那間，還想到會汙染自己簇新的服裝；美娟的母親說：「你不要裝死，嚇不了人……」以後便什麼都不知道。睜開眼就是躺在這張床上，發現左床有一個老頭，右床有一個不到二十歲的小伙子，都瞪大眼睛看著他，大聲說：「好了，醒來了，醒來了。」

此刻，腦中空空洞洞的，沒有夢、沒有花，更沒有詩意，兩個陌生的病友瞅著自己怪心慌。他用右手捺床邊的叫人鈴，指尖感到磁性反應，似乎獲得了一些安慰。

梳兩條辮子的護士小姐，輕輕推開門，挨身走進。微笑地看著他：「有什麼事？」

「有信嗎？」

「沒有。」護士綻開的笑靨雖已收斂，但笑意仍布滿秀麗的面龐。

這笑容太熟悉了，不，這面龐太熟悉了。一定曾在什麼場合會晤過，怎麼現在一點都記不起來。難道是在暈倒之後，得了遺忘症，記憶已經破碎，拼湊不出完整的形象、觀念、回憶……？

「妳貴姓？」

「姓張。」

「我們好像……好像在哪兒見過？」

護士仍微笑，彷彿要說什麼，話到唇邊又嚥下肚，可以看到頸部顫動。

左邊的老頭接腔：「我們都時常見面，一見面就相識。」

劉水源猛然吃驚，才想起左右的病人都在傾聽他們的談話。那老頭一定以爲他在說謊騙人，不信他對雙辮子的護士小姐，有似曾相識的感覺。

不管怎樣，滿面皺紋的老頭，沒有理由打擾別人交談。他插進來是由於妒忌，還是根本不懂禮貌？

「可是，」側轉身軀，瞪了老頭一眼。「我們從沒見過，根本就不相識。」

老人又默默注視天花板，宛如沒有聽到他的問話，更沒有理睬的意思。

護士的腳步向外移動。「還有事嗎？」

「見到我的信，請立刻拿來。」劉水源加重語氣，爲自己的性急遮飾。

「好的。收到信，我們馬上分送。」

話已結束，沒法再把這位似曾相識的小姐留下；談談相識的原因，必須另覓理由。

他問：「這兒有花瓶嗎？」

「沒有——我們可以想辦法。」

張小姐話中的意思，他聽得出：如果有花，就可以找到花瓶。不錯，她的目光正向四處搜索哩。

「我自己要買花——」

護士小姐的右手一揮。「不必了，會有人送花來的。」

大概她是根據常理推測的，探訪病患的親友會送花、送禮物，誰會料到他的處境和一般人不同。

他固執地說：「我一定要買花，還要買信紙信封——」

護士很有禮貌地微笑退出，但他覺得笑很勉強。左右的病友探視的訪客不斷的進出，床頭上桌上堆滿吃的、用的東西，唯有他孤零零的躺著，所以護士才發出譏嘲的笑意。

空中突然靜下來，他才發覺自己聯想太多、太快。護士可能眞的見過，現在卻怎樣都想不起來，左邊的老頭才誤會他有邪意。

他側轉臉想對那老頭解釋一番，正碰上對方注視自己的目光。

老頭問：「沒有人來看你、照顧你？」

「我不要。」

「爲什麼？」

劉水源不想回答——回答不出，美娟當時不在家，是她母親趕他出門的。她母親說，美娟不認識他，不願意見他。希望他永遠不要踏進錢家大門。

不信自己的耳朵也不行，每一句話都是從美娟母親口中說出來的。半年前，她曾親口說過，美娟非常敬佩他，他們全家歡迎他隨時去玩——時間會使人改變得那麼多，彼此的距離變得那麼遠。

該不是時間問題，而是現實讓美娟的母親有一百八十度的轉變。半年前，他是新民計程車行的老闆，同時有五輛車子在外面行駛；而美娟是他僱用的會計。他們從主客的關係，進而成爲朋友；從她母親的言語中了解，將不會反對他們結婚。可是，車行連連出事，先發覺司機的車費以多報少，撤換了三位司機，就有司機輪流請假，致時常有車輛閒著無人駕駛。接著就發生偷油、車禍……

想起來了，車裡的一輛車子把機車上的乘客，撞得一死一傷，傷者送到醫院急救，他曾去探望過兩次，所以才見過這位護士……

劉水源忙問等待回答的老頭：「這是什麼醫院？」

「普天醫院。」

「不對，應該是『濟民』。」

老頭連連眨動眼瞼，揮搖雙手，像是不懂他說些什麼。他也不想解釋。這不是他來過的「濟民」醫院，怎會見過這美麗的護士。

那受傷的人腿骨被壓斷，血流得很多，臉龐、胸部都受傷。他到達醫院時，很多護士和醫生忙著爲受傷的人輸血、照X光、包紮傷處。他除了同情那傷者外，還痛恨那性急的司機超車，滑過中線，把無辜的人撞傷、撞死。

當時的心情極端惡劣。痛惜損失了金錢、時間外，還喪失了車行的那股蓬勃朝氣。根本沒注意到在旁服務的護士是誰？長得怎樣？不能肯定這位張小姐就是那時在場的人。

鄰床的老頭大聲說：「你還沒回答我的問題。」

他沒有回答的義務。同時，自己的困難實在無法三言兩語向別人解釋清楚。他彷彿不知道來這兒有多久，在病房中，白天和夜晚，似乎沒有分別。要不要通知朋友，還打不定主意。買信紙信封到底寫給誰？車行關閉，美娟已到別處工作，他現在是孑然一身，怎會有人來看他、照顧他。

劉水源軟弱地回答：「我是想在這兒靜養幾天——」

「笑話！」老頭氣呼呼地說：「你說我們吵鬧了你！」

探望老頭的人確是太多。有兒子、媳婦、孫兒、孫女；還有同事、親戚、結拜兄弟……小小的病房裡，常常塞滿了訪客，他們大聲談笑、話家常、議長論短，彷彿是在酒樓、茶室，早已忘記這兒是病房，還有兩個未進入他們談話境地的病友。訪客走後，老頭會大聲號叫、呻吟，像是不表示痛苦給他們聽，就不是病人的樣子。

儘管心裡這樣想，但劉水源不肯這樣說。「不是那個意思，只是說我自己。」

「你得的是什麼病？」

「不知道，醫師還沒告訴我。」

老人得意地大聲笑，笑完對劉水源右邊的青年說：「小朋友，你知道嗎，又來了一位胡塗病人！」

青年人只輕哼了一聲，劉水源聽不出那是表示同意或是反對。

「小朋友，你知道中間這張病床的歷史嗎？」

「好像聽老朋友說過。」

劉水源悶聲傾聽年齡相差很多的老少朋友交談，內心納罕：為了談話方便，他們兩張床該連在一起。他雖然住定了，如要成全別人，他不怕麻煩，可以換讓。

「連昨天那位是第五位了。你知道去什麼地方？」

「大家都不想去的地方——太平間。」

老人拍手，表示欣慰和得意。「你眞聰明，在這兒住久了，你就變成醫生，一看就知道進來的人，是不是要去……」

灰白短髮的老人，沒有說下去；但劉水源知道下面的話是「太平間」。那是故意說給他聽的，在他之前的病人，睡這床位沒有好結果；難道他也要遭受相同的命運？他們一眼就看得出他犯「死相」。

劉水源確是很氣惱。來到這病房未說過一句話，更沒做任何錯事，先住的兩位病友爲何要歧視他，故意給他氣受。

他打了一個冷顫，忽然有所領悟：這張床上先他而來的病人，都是被他們氣死的。

「老伯伯，」劉水源按捺住胸腔內熊熊火焰，盡量表示禮貌。「您住在這兒已有多久？」

「不長，不長，只有半年多。」

「哪兒不舒服？」

「頭暈，血壓高一點；心臟也不大好——」老人突地冷笑一聲。「絕不是自殺。」

又明白了一點：他們以爲他是自殺才住進醫院。這又根據什麼推測的。失戀、事業失敗是事實；但他還沒見過美娟，光憑她母親的話能算數。他從幫人開車起，然後用分期付款的方式，購買舊車，有了盈餘換新車，再擴大開車行。現在雖然暫時停歇，但他有足夠的時間和精神，會重振舊業；怎能認定他是走人生旅途中的最後一站！

不該牽強解釋別人無意間說的話，也許是「老朋友」自我嘲弄慣了，才信口吐出自殺的名詞。

劉水源把身體縮下一點，想使自己睡得更舒服些。「像老伯這樣的病，在家內休養，也許會更好些……」

「什麼，你管我？你管得了我！」老頭一聲聲地大吼，右手指著他斥責。

他嚇了一跳，連忙陪小心解釋。「只是我的一點建議──我知道急診處有很多病患，住不進病房……」

「他們住不進，是他們的事，與我何干！」

「如果您回家──」

老頭搶著說：「如果你進太平間，準多出一張床位！」

「小朋友」嘻嘻笑，笑聲凍結後，隨即靜寂下來，他不能和這陌生的病友作無謂的爭論。據他自己說，血壓高，心臟有毛病，如老人病情起變化，他不負法律責任，但良心和道義兩方面都說不過去，還是忍耐點，再慢慢和這暴躁的病友結交吧。

那扇門又被推開了，護士小姐手中捧著一隻喇叭口式的白磁花瓶，瓶中插滿紫色玫瑰。剎那間不知是人香還是花香擠塞在病房；這正是他所喜歡的花和顏色，張小姐怎會選中的？剛才的不快，立刻消褪得了無痕跡，不想再計較別人對他的態度如何了。

老人問張小姐：「花是妳送的？」

「不是。」

「是妳買的？」

「也不是。」

「可是，是妳拿進來的。」

「別人託我的，我是服務病患，」護士把花瓶擺在劉水源床旁小方桌上。「我們要爲所有的病患服務。」

「好吧！」老人氣嘟嘟大叫。「也請妳幫我買一束花！」

張小姐溫和地說：「好的。買多少花？錢呢？」她右手心向上，伸在老人面前。

「妳剛才沒有要錢。」

「這位先生的朋友囑咐過我，他的一切開支可以報銷。」

「鬼話，我不信。」

劉水源對這位似曾相識的護士，如此的衛護他，熱忱服務，確有無限的感激。聽到替他的辯論，在高興之餘，也有點懷疑，到底是誰代他付一切費用？

劉水源失聲說：「我也不信。」

「好的。」護士小姐仍溫雅柔和地說道：「這人就在外面，因爲未到會客時間，沒有進來。」

「什麼時間會客？」

護士諦視腕錶。「再過十分鐘。」接著問：「你願意會客嗎？」

老頭插叫：「當然願意。一個人孤零零的躺在這兒，親友不來聊天，沒有病死，也寂寞死了！」

談話的人都未理他，劉水源繼續問：「客人是誰？」

「你見面就認識；」護士仍保持微笑面容。「客人叫我不要亂說。」

門被推開後再闔起，他才發覺張小姐已飄然離去。還有十分鐘，方可揭開謎底。剛才忘記問她買的信封在哪裡，不然，此刻可以借寫信來打發時間。

他舉手要捺叫人鈴，但眼角發現老頭的怒目瞪視，同時想起張小姐走進病房，灰髮老人那種激動不安的情緒，便不自覺地把手縮回。

時光似乎凝結不動，寂靜了一會兒又一會兒。老人終於耐不住寂寞，大聲喊道：「小朋友，你爲什麼不表示一點意見？」

「我不敢，我怕……」

「怕什麼？」

「怕那護士小姐，用有毒的藥爲我注射，把我害死！」

「笑話！殺人是犯法的。」

「年輕人」似在瑟縮地發抖。「犯法是以後的事；我被害死了，辦她的罪，對我有什麼益處。」

劉水源又瞿然心驚，這不到二十歲的娃娃，怎會有這樣不正常的想法。是受家庭還是學校的影響？

「『小朋友』，」劉水源學著老頭的口吻，「人家和你無仇無恨，怎會害你。」

「爸爸媽媽也沒有仇恨，可是他們想害我，用繩子綑我；在飯碗裡下毒藥，所以我不吃家中的飯。對了，不吃飯是因爲有胃病，看到飯，肚子就飽了──」

「這樣說，你不該來這醫院。」

「你是要我去精神病醫院？」小朋友立刻反擊。「爸媽送我去過，他們要用鐵鏈鎖我，我不願受罪。眞的，我告訴你們，我沒有神經病，就是不想吃飯。來這兒醫治我的胃——『老朋友』知道我的脾氣，也曉得我的病狀。」

年輕人急急說完，連連噓氣。老頭頻頻點頭，彷彿承認他的話是正確的，更像是明瞭他的症候，比預料的要嚴重得多。可是劉水源想要勸告他，不必如此緊張。大家會好好地照顧年輕人；病好了，他就可以去讀書、去做事。

然而，年輕人又急促地說：「我在學校的成績不好，又怕不能升學，又擔心老師、同學害我，還是來這兒比較安全——」

劉水源說：「那你怎會怕護士害你？」

「我不知道，我還怕你們聯合起來對付我；如果你去……去……你去太平間，老朋友就打不過我！」

「神經病！」劉水源在心底詛咒道。這房間的兩位病人，精神彷彿不正常；他們怎會把他送進這樣的醫院，分配在這房間！

他還沒打定主意怎樣答覆這尷尬的問題，門又被推開了，張小姐身後跟進一位女郎。他想，一定又是「老朋友」的什麼親屬，又要接受長時間的絮聒、吵擾了。

然而，兩人站在他床前沒有移動，護士小姐說：「看是誰來了？」

猛抬頭，全身震顫。他實在不相信自己的眼睛，但面前站著的，確是他想見而不敢說出口的人。

「美娟，」他從丹田裡發出喜悅的聲調。「妳怎麼知道我在這兒？」

「你眞該打！」美娟用手拍著護士小姐的肩頭。「這是我的同學張宜瑛；她去車行看我時，曾爲你介紹過，怎麼會忘了？」

他用手掌拍擊自己的前額，表示愧疚之意。「妳來這兒，伯母知道——？」

「當然知道。」美娟輕鬆地說。「我們爭論了一夜，媽已被我說服了，我們的一切可以從頭做起，只要有信心——你有信心嗎？」

他從床上躍向地面：「這還用說，當然有信心！」

「好吧！」美娟微笑：「我們已經幫你辦好出院手續，現在就可以出院——」

劉水源又不相信自己的耳朵，側轉臉龐問張小姐：「現在可以出院？」

「當然。」

老頭驚詫地大叫：「他不去太平間？」

護士搖搖頭。「他沒有病，只是一種誤會。」然後轉身對劉水源說：「你把床頭木櫃內自己的衣服換上，就可以出院了。」

錢美娟先推門出去，張宜瑛跟在身後，還未跨出門，「小朋友」大聲喊住她，歪著頭問：「我也可以出院嗎？」

護士小姐略略思索。「可以，你也沒有病。」

「妳不是騙我？」

「我不會騙你。世界是那麼美，好人有那麼多，出了院，你就有信心了。」

年輕人低頭想了想。「請妳通知我爸爸媽媽，幫我辦理出院手續，我不怕任何人了。」

「好的，我就去通知。」

老頭又大聲怪叫：「神經病都出院了，我在這兒寂寞起來，怎麼辦呢？」

年輕人又緊接著問：「這兒到底誰有神經病？」

護士小姐笑笑：「我不知道，那要請教醫生。」說完便連跑帶跳的推門出去。劉水源想到自己和「小朋友」同時出院，眞爲那長久住院的「老朋友」的寂寞發愁哩！

——一九六九年一月《現代文學》

勇者的遊戲

阮靜婷腳踏溼漉漉的泥地，斜身向前，一步高，一步低，擔心別人會撞到她。不是巷子窄狹得容納不了她纖細的身材，夜晚更沒有熙攘的行人穿越長巷；但她小心謹慎的態度跨入巷口，就有永遠走不到盡頭的感覺。

現在好了，她已看到斷臂般的日光燈管路燈，斜伸在吳家屋脊上，映照著癩皮似的朱紅大門。

站在門前，用指尖捺電鈴時，突地明白自己爲何要敲吳家的門；內心希望電鈴故障，趁機回頭，可是她已聽到屋內的腳步聲、說話聲、開門聲……已沒有逃避的空隙了。

她對自己有這樣想法，猛吃一驚。她是吳家的媳婦，急急忙忙要趕回來，是爲了要照顧丈夫吳潔民；怎麼到了家，反而不想進門。

大嫂打開側門，笑嘻嘻打量她：「這麼早就回來了？」是說她今兒不該回來，還是指現在沒有到深更半夜；平時回家，他們都已睡熟，此刻還沒有到八點，一定感到奇怪了。

靜婷笑道：「本想今兒不回來，全是我媽媽催得慌。」

「是啊，老人家見得多，想得遠，早點回來也好，潔民——」嫂嫂的話頭頓住，關好門，再轉身向內走，似乎沒有說下去的意思。

靜婷忙問：「潔民怎樣了？」

「沒有怎樣。」

「他回來了？」

「沒有。」嫂嫂舌尖打哆嗦。「可……可是，有一封……一封信。」

「哪兒來的？」

「學校——」嫂嫂已跨進客廳，小姪兒明明攔住她要抱，她說：「我也不太清楚，爸爸看了很生氣。」

客廳裡沒有他人，靜婷用目光搜索那封信，也不見蹤跡；便一直衝進自己的房間，打開門鎖，摔去皮包，把身體拋在床上，兩隻高跟鞋，七零八落的跌在水泥地上，叮咚叮咚響。

房中沒有開燈，僅從關好的門隙中，傳進微弱的一絲光線。她怕照射到自己，伏在床上，把臉埋在手心，思索那封信的內容。

是通知潔民去上學，還是告訴他不要上學？潔民早就不想讀醫科了，要轉系，要辦休學，是大家不讓他這樣做，一天、一天拖到現在——今天學校又來了信，她怎有面孔見人。

公公婆婆生氣，嫂嫂的話中帶有多少稜角和譏刺，……這都不算，爸爸面前怎麼交代！

爸爸做了二十多年的齒科醫生，業務始終是冷冷落落，無法輝煌門庭，把一切希望寄託在兒女身上，哥哥把書讀呆了，連考幾年大學，才能夠讀藥學系。她自己更糟，念完高中，沒有跨進大學之門，更談不到進醫學院，接爸爸的棒上前衝了。

然後，爸爸沒有死心，要想辦法替哥哥轉系，花了很多精神和金錢都沒有效。就把全部希望堆集在她身上——要她嫁一個做醫生的丈夫。

親友和鄰居都知道爸爸的想法，千方百計介紹這醫科學生，誰都未料到吳潔民不想做醫生，一心一意想念文學，難怪公公生氣——已聽到公公在客廳內咆哮的聲音，似有人在低聲勸說。

靜婷縱起身，打開書桌上的檯燈，發現皮包把塑膠藥水瓶打翻了，扶正後套上拖鞋，便向客廳走去。

婆婆、嫂嫂和小姑蘭芬，全聚在一起，皺緊眉頭，相互低語。見她走進客廳，嫂嫂冰冷的臉龐，才帶有二分笑意。挪一挪身體，低聲說：「這兒坐吧。」

懸於半空的盆形大吊燈，驟然光線一暗，似乎要跌落在她的頭上。

公公轉臉問：「靜婷，妳知道他爲什麼要休學？」

「不知道，潔民沒有提起過。」

「他從不和妳談學校的事？」

靜婷搖頭。她不想說，也說不清，告訴大家也不會信：潔民從不把心思放在學業上，這是她結了婚以後，一直藏在心底，不敢說出口的話。怕別人怪她、譏笑她——尤其怕嫂嫂的冷言冷語。

潔民的哥哥偉民，學的是化工，在一家工廠上班，早出晚歸，生活機械而刻板，嫂嫂常常揶揄地說：「我們偉民啊，像隻拉磨的驢子，成年到頭不快不慢的繞著磨子轉；

還不知爲的是什麼。看潔民哪，有朝一日當了醫師，自己開業做了院長，要救活多少人的性命，減輕多少病患的痛苦——妳是怎樣選到這種丈夫的？」

嫂嫂講話的表情和態度，嚴肅而沉著，看不出言語的目的是什麼。但靜婷聽得出話裡的骨頭，是說她沒有等到潔民畢業就結了婚。

靜婷想到這兒，便感到難過；提前結婚，全是爸爸的主意。潔民年紀輕、長得帥，又是醫學院的高材生，說不定有多少女孩子打他主意，趁早訂婚、結婚，等於用繩子把潔民拴起來。而，潔民不願意鑽進這套索，只答應訂婚而不願結婚。

介紹人雙方奔走談條件。爸爸除了承諾陪嫁的妝奩特別齊全外，還應允他將來學成後，幫助他開業的資本。

她當時不曉得父親如此「慷慨」，婚後，從日常談話中獲悉，潔民也不知道婚姻裡有這樣條件。完全是雙方家長的如意算盤。但任何人都不信，在生活中時時刻刻接觸在一起的嫂嫂更不信。嫂嫂總認爲潔民不肯專心讀書，與提前結婚有很大的關係。

不錯，潔民是說過：「我爲什麼要替你們念書？」

靜婷反駁：「你不是孩子了，誰都明白，讀了書，受益的是自己。」

「不，不是自己，是我的父親，妳的父親，還有妳……妳們……」

「那麼，你呢？」

潔民抓住自己的髮梢，握緊拳頭，猛擊書桌。「沒有我，我沒有存在。我是為大家活著，為大家的面子讀書，為大家的需要讀書，這樣讀書還有什麼意思！」

她低垂著頭，為潔民難過。大家對潔民的寄望太大了，潔民心理負擔太重，要負擔吳家的榮譽、責任，還不能辜負阮家對他的希望，他被實質和精神的重擔壓垮了。

靜婷仍然要找理由辯論。「將來書讀成後，你就會發現自己偉大了。」

「偉大的不是我，是你們。」

「不，潔民，是你；你應該有自信心。會有無數的病人，在你的手裡得救——」

「妳有沒有想到：會有無數的病人，在我手裡死亡！」

「潔民，不會的。」靜婷對自己的說服力，也有了信心。「你是用功的學生，你有很高的智慧，會學得優良的醫術——」

潔民揮動手臂，不讓她說下去。「妳絕對沒有想到：某一個病患，用其他藥物治療或許不致死亡時，而我卻沒有盡到心力去做到，將會有什麼樣的後果？」

「這個不用擔心，我爸爸是醫生，丈夫也是醫生；我早就注意到這類問題了。在法律上是沒有責任的。」

「我說的是道義上的責任。」潔民用迷濛的目光瞻視著她。「我時常這樣想：病人遭遇到的不幸，在我來說，內心的歉疚，不是任何錢財和榮譽能夠補償的。」

「那麼，你要幹什麼呢？」

「我可以做工程師，設計新穎的建築物，有獨特的風格、情趣——」

「工程設計也會有錯誤，在報紙上時常看到工程坍塌的新聞，死傷若干人。」

「那是極少極少的例子。」潔民搖頭又搖手。「我可以念文學，寫詩歌、散文、小說，做人類靈魂的工程師，比做救人類肉體的醫師強得多——」

靜婷搶著說：「有毒素的作品，也會害人，流傳愈廣，害人愈多。」

潔民又低下頭思索。她突地懷疑自己是不是把話說錯了。結婚一年多，根本沒有了解潔民的爲人。如果在婚前發現這一點，就不願和他結婚了。和他談得愈多，愈發現自己不如潔民，他有理想、有抱負，而她什麼都沒有，只希望丈夫早點學成，開業行醫賺錢，是多麼庸俗和淺薄啊。

她自己也覺得慚愧起來，希望潔民不要再談下去。可是，潔民仍不放鬆。「妳的話是百分之百正確的。」潔民昂頭自負的說：「我做醫生，怕有一絲一毫的歉疚；做任何行業，我都不願昧著良心去做，怎會害人。」

靜婷輕吁一口氣，感到輕鬆了許多。「我知道，有很多成名的文學家，他們的職業是醫生、律師、記者……」

糟了，丈夫接受了她的意見，對學業更不經心了——這原委怎能對公公訴說。

然而，說全部不知道，除了公公不相信以外，還顯得自己無能。必須替潔民解釋一番。

靜婷說：「潔民說是和自己的興趣不合——」

公公搶著問：「他的興趣是什麼？」

「他說，喜歡學理工或是文學。」

「鬼話，騙人的話。」公公的怒火又熾盛起來。「他是不想念，念什麼都是一樣。成天不上課，在外面看電影、打彈子，還要……」

公公的話猶豫著沒說下去，只是連連抓搔灰白的髮絲，故意發出一連串的乾咳。

小姑蘭芬性急地問：「還要幹什麼？」

爸爸大聲喝斥：「小孩亂插什麼嘴！」

「我想知道二哥不在學校念書，要去哪裡。」

嫂嫂又笑嘻嘻地接腔。「小妹真傻，學校裡很悶，離開學校，進了城，上了街，世界是花花綠綠的，要多好玩就多好玩。」

她聽得出嫂嫂話中的諷刺意味，比同情要濃。在如此的場合，分辯不妥，默默忍受更不是辦法。雖然，她不同意潔民的作法，但也不願潔民受到大家的指責和輕視。

靜婷捺下激動的心情，委婉地說：「潔民近來的身體不大好，功課太重，受不了。」

公公第一個不信。「誰說的？我們都不知道。」

嫂嫂更抓住攻擊機會，不肯輕易放過。「二弟的身體很棒，還參加健康比賽哩。」

「那是結婚以前的事。」靜婷的話說出口，便覺得有語病，連忙加以註解。「近來的功課太重、太繁、太難，他常開夜車趕功課，身體累壞了，一定要長期休養。」

公公大吼：「妳還要替不爭氣的丈夫隱瞞！」

「有事實可以證明。」靜婷腦中突地映現梳妝台上的藥瓶，急忙說：「潔民天天吃藥，藥瓶還在我的房間。」

「藥瓶拿來我看！」公公的命令，毫無通融迴避的可能。

靜婷迅速站起，衝向房內。眼角餘光可以覺察嫂嫂的面容，有一種難言的得意之色。她分不清，嫂嫂是爲了可以拆穿她的謊言而歡欣；還是聽到潔民身體欠佳而高興。

現在，已沒有時間分析和思索，躍進房內，便把那容納二百CC的塑膠瓶搶在手中，再旋身進入客廳。

嫂嫂正用驚奇和不信的目光釘著她手中的塑膠瓶；但靜婷鄭重地介紹：「潔民早晚要吃這個，不吃就喊頭暈、心跳——」

公公問：「是什麼病？」

「我不知道。問他，他自己也不大清楚。」

嫂嫂站起，就著藥瓶覷視：「這是什麼藥？」

「我更不知道。」

「藥瓶外面沒有寫明怎麼吃法，也沒有姓名。」嫂嫂搖頭，把懷疑的態度完全表現出來。「好像也不是醫院拿出來的。」

靜婷立刻辯駁。「是潔民的老師開的藥方，他自己配的藥，當然和一般病人吃的藥不同。」

妹妹在旁插嘴：「對啦，二哥本身就是醫師啊，我害了感冒，就是他開藥給我吃的。」

嫂嫂仍不服輸。「自己是醫生，看病挺容易，一點兒小毛病，還要辦休學。」

妹妹問：「妳怎麼知道是小毛病？」

「弟弟不是能吃、能睡、能跑動——」

公公的右手一揮，室內全部靜寂下來，空氣似乎暫時凝結不動。他說：「我們在這兒瞎猜，白費力氣；等潔民回來，我要好好和他算帳。」

妹妹拍手大喊：「對了，這叫『冤有頭，債有主』，旁人不必為他操心……」

公公大聲吆喝：「小孩子知道什麼，驢唇不對馬嘴的亂比喻，還不快點回房去做妳自己的事。」

靜婷一直拿著那大半瓶藥水，站在室中，心尖緊隨著那浮游的焦黑色藥水飄動。在爭論時，進退不得；此刻便跟著嫂嫂、妹妹們迅速離開客廳，一口氣衝進房中。

把藥水瓶摜在書桌上，自己便橫倒在床上；但側轉臉便見藥瓶在桌面翻滾，到達牆壁雖已停止滾動，她擔心藥水溢出瓶外，又伸手扶正擺動的塑膠瓶。

有點像「會審」的關通過了。內心舒喘了一口氣；但她對自己的說謊能力，也有了新的估價。潔民從沒說自己的身體不好，這瓶藥水更不是他吃的——潔民拿回時說過，那是強烈的毒藥，任何人吃了就要死亡。他想做實驗，要抓一隻老鼠試試看。誰知道這有毒的藥水，竟為潔民遮了羞，她自己也沒有窘得下不了台。

可是，這謊言會很快被拆穿，任何人都會知道她嫁了一個不求上進的丈夫：不願意念那人人爭不到的醫學院，而成天去看電影、打彈子……或許會做出更壞的事。回去怎麼對爸爸媽媽啓齒。

爸爸說，我把一生的希望，交在妳手裡，妳爲什麼不盡力勸告潔民讀書，幫助潔民讀書。

爸爸，讀書是自己的事，別人勉強不來的。

妳的話也許有道理，女兒。我們花了本錢，很大的本錢，獲得了什麼？

她將沒有理由回答。阮家沒有收穫，吳家更有很大的損失。大家準會全怪她。人前人後，都會聽到：吳家娶了這樣媳婦，倒了八輩子楣；潔民如果不早結婚，絕不會有這樣下場……

她向每個人解釋嗎？不可能。至親好友、左鄰右舍願意接受她解釋的理由嗎？更不可能。在娘家和婆家都直不起脊樑做人，說話、走路、做事都彎著腰——那樣活著還不如死。

靜婷腦中訇然一聲，確使自己膽顫心驚。

爲什麼會想到死？就是因爲見了那瓶毒藥？目前受了一點委屈，就覺得活著沒有意思——當然，不僅僅是爲了目前，而是爲了以後，無法面對父母，以及那些敬佩自己、羨慕自己的鄰里、親友。最糟的是早晚和嫂嫂生活在一起，不知她會用什麼態度對待自己。當面的言語，還可以頂撞、辯論，暗地裡的譏笑和誹謗，就無法防範和逃避了。

嫂嫂會說，救人的行業不幹了，要幹什麼呢？

我不知道，妳問潔民吧。

妳不要推得乾淨，那是個賺錢的機會，放棄了多可惜。

能不能賺錢，我們不在乎。

說得挺大方。唔，如果潔民被學校趕出來，情況就不一樣了……

不是被趕，而是潔民自己不願意——

那還不是一樣，趕出來以後，就不能當醫生……

靜婷打了個冷顫，定一定神，才發現自己仍愣坐在床旁，注視那藥水瓶。嫂嫂可能不會這樣講；但鄰居、同學、親戚……誰都會往那方面想，背著她搗搗戳戳，她必須永遠戴著黑面罩出門——那樣含羞忍辱的活著，眞的沒有意思。

她彷彿被彈射似地躍起，抓起藥瓶，旋開瓶蓋。如長頸鹿般仰著頭，閉起雙目，將藥水傾進張開的口內。除了聽著藥水撞擊瓶口的「咕嚕、咕嚕……」聲，和自己呑嚥的

「咕嘟」聲外，似乎一切都已麻痺，肌肉和神經都不接受自己指揮。她告訴自己不要把藥水喝光，該留點給人家瞧瞧，或是嘗嘗；但這股衝撞的力量，已勢不由己，堵緊鼻腔，喝得一滴不剩。

空藥瓶摔在梳妝台上，隨意晃了晃就停了。她感到茫然。這是跟誰賭氣？生命已賠光，這賭注未免太大了。

原以為這烈性毒藥很苦、很澀，氣味很難聞，一兩滴入喉，就會改變主意。誰知這藥水卻很香很甜，毫無怪味，像魔鬼似的引誘她一口氣呑嚥下去。

不管怎樣，藥水已經下肚，後悔也來不及了。頭很暈、腦子很亂，該不是藥性發作了吧？怎麼記不起自己為什麼要吃毒藥自殺了。沒和人吵嘴，也沒人給氣受，她不愁吃、不愁穿，沒有活不下去的理由，究竟為何要自殺？何況「好死不如賴活」，才二十五歲就死去，死得嫌太早了，再過二十五年去世還不遲。

現在想這些無用，藥性發作就不能思索、考慮身後的問題了。必須要趁早料理未完事宜。

最先想到的，是要寫遺書。

急忙從亂糟糟的抽屜中找出紙和筆，坐在桌旁開始寫：

「潔民：你對不起我……」

咬住灰色原子筆筆桿，寫不下去了。潔民怎會對不起她。他是對讀醫學系沒有興趣，念旁的才適合，早就和她討論過，沒有下決心轉系。現在只是聽公公、嫂嫂們的片面之詞——她不把學校寄來的通知找來看一看，就吃藥自殺，怎能怪潔民。

一張張的紙撕毀，改了又改，删了又删，終於寫妥了遺書：

潔民：

我對不起你。因爲我的理智不清，意志薄弱，受了一點點兒委屈，就先離你而去。望你自己珍重，朝理想的前途邁進！

靜婷絶筆

她還想寫信給爸爸媽媽，說明離開人世的理由；但腦中很亂，而且覺得那是多餘的。離開塵世這個事實，已不是她用筆墨所寫的言詞，能解釋和遮蓋得完的。還是讓大家自己找理由來原諒她吧。

已經非常疲倦了。想換新鞋、新襪、新衣服的念頭又被懶散打消了。靈魂消逝，再整潔、美麗也沒人欣賞，自己也不會有那種悠閒的情趣了。

她僵臥在床上，頭剛靠近枕頭，腦海中就有一連串的疑問：

「如果不死那多好，如果不死該多好？……為這小事值得自殺麼？」

然而，她生命開始萎縮，彷彿已聽到死神的腳步，正一步步向自己逼近，呼吸正頻頻短促，脈搏有氣無力地沉落、沉落……

她恍惚在虛緲的半空飄浮，還未沉落到海洋，似乎被一隻巨大的手掌揪住不放。

看清了，原來是潔民。

他說：「妳愛我本人，還是愛我的職業？」

「當然愛人。」

「愛人，妳會失望的。」

「我不會失望。只要你有不變的心。職業變了，財產變了，我仍會愛你——」

「妳眞是世界上最可愛的女孩。既然這樣，我們就結婚，妳永遠不要逃避。」

「好的，我絕不逃避！」

那是很古老的話了，怎會又映現在腦中。那隻又粗又大的手掌，緊緊的搖撼著她，

她覺得骨節被抖散了。還聽到大聲吆喝：「妳逃避到哪兒去，妳逃避到哪兒去！……」

這腔調好熟悉啊！那是誰的聲音？是潔民嗎？可惜已經魂離軀殼，不能和他訴說自己的悔恨和歉疚了。要說一句「我錯了，我不該自殺」的話嗎？說了，他會相信嗎？她說：「我不想死，我不該死，我不要死。快點救我吧！」似乎沒有發出音響。

又是粗壯的聲音：「靜婷，靜婷，快點醒醒，聽到我的聲音嗎？」

聽到了。眼睛想要睜開，而強烈的光線封住眼皮，一定是吊燈被打開了。

身體仍被搖晃著，眼皮撐開一線。

潔民說：「醒來了，眞的醒來了。」

她睜開雙眼，見他抓著那空瓶，在她面前晃動，急切地問：「除了喝這個以外，還吃了什麼？」

很惱怒，怎會在這時間問這種問題；但看到他臉上焦急的表情（一定是看過「遺書」了），便搖搖頭，輕聲說：「沒有。」

潔民摔掉空瓶，雙手併攏拜了拜：「謝天謝地，妳一點事兒都沒有。」

「爲什麼？」

「這是我實驗治咳嗽的藥水，除了糖漿外，盡是些消炎止咳的藥；不會吃死人的。」

「爲什麼你說是毒藥？」她眞有點惱了。

「那是我說著玩兒的。」潔民嘻笑地說：「在醫院裡實習，怎可以把管制的毒藥帶回家——妳後悔嗎？」

她內心也說了聲「謝天謝地」；但仍裝得狠狠地說：「我要和你好好算帳！」

「帳怎麼算都可以，不死才有機會！」

他的話還沒說完，靜婷噗哧笑出聲，生命已收回，一切的機會都在自己手中，任何事都可以重新開始，何必拿生命作賭注。

靜婷一躍而起，大聲說：「好，我們開始算帳吧。」

——一九六九年三月《作品》

歸途

呼嚕嚕、轟隆隆……風聲和急駛的公共汽車聲，夾纏成一股雄偉壯闊的態勢，滾滾前進。車身顫慄而喘息。

姜月娥用右肘輕觸身旁的劉田青：「冷不冷？」

「快凍僵了。看，車上的人愈來愈少了。」

從時間上判斷出這是收班的車子，回家的人大多由中心區駛往市郊。車廂中乘客，散落地坐在長條座位上，有如醫院候診室內毫無生氣的病患。

她們的衣服非常單薄，更穿著極短的迷你裙，寒氣從四面八方侵襲。兩人緊緊擠縮在車廂一角，像乾涸的水池中兩尾小魚，再沒有時間和力量騰躍了。

汽車猛地煞住，姜月娥以爲到終點站了，拉拉同伴的胳膊，剛想站起身；但車外的景色迥然不同。而車門打開後，一個蝦著背的老頭跌跌撞撞衝下車；哨聲響起，車門隨即關上，馬達一陣咕嚕、咕嚕……但車身沒有行進。

劉田菁失望地說：「準是拋錨了。」

「那才夠意思。」姜月娥伸長頸子從車窗向外看。夜景濃黑得沒有邊際，僅見三五點燐火似的燈光，在風聲中飄颺。

「妳還不想回家？」

「不知道——我在外面待得愈久愈好。」

「寒流呢，妳不怕——？」

沒有想到寒流來得這麼快，離家時沒有多帶衣服；如果穿得暖、吃得飽，眞不想回家了。可是，不回家除了怕寒流以外，還有更多可怕的，沒有吃、沒有住，又有面目可憎的男人，用邪惡的目光注視……這些都不能對劉田菁說，實際上說也說不明白。她問，爲什麼不回家？妳媽媽關心得不得了，妳沒有回家，她到處找妳、探聽妳。有這樣好的後母，還不知足？

劉田菁是局外人，永遠不知道她們姜家是怎樣生活，母女怎樣相處。

背著又重又厚的黑帆布書包回家，摔在沙發椅上，就要幫著料理家務。

她家開了一爿小小雜貨店，賣菸酒和吃的用的東西。不知什麼緣故，她到了家，店內生意就特別忙碌。媽媽用全部精神照顧店面，她就要生爐子起火、洗衣、洗米、煮飯、做菜……飯後的清洗鍋碗的工作，自然落在她身上。全部工作結束，已是八點多了；剛拿起書本，爸爸已打開收音機，聽各種歌曲及各處地方戲。腦袋被鬧聲炸裂，而換來的卻是責罵。

爸爸指著成績單嚴厲地問：「妳說啊！爲何盡是『紅字』？」

在衆目睽睽下，她說不出理由；最主要的是她不想訴說，說不清楚，說了也無人相信。

媽媽接著話頭：「妳是不想念書，才會有這樣成績——」

爸爸大嚷：「不想念就不用上學了，明天起，就在家裡看店算了。」

「那怎麼行哪。」媽媽又捏尖嗓門，彷彿要吵嚷得使村前村後所有鄰舍聽見。「憑空不讓月娥上學，人家不曉得是她自己的主意，定會編派我這個後母不是，還是讓她去混吧！」

「混下去怎麼辦？」

「等她畢業，考不取學校，閒在家裡，任何人都不能怪我們。」

月娥料到媽媽會這麼做，聽到這樣說，更確信無疑。不必等到那一天，她提前離開家，離開學校，媽媽該稱心如意了；爲什麼又派劉田菁出來找她。

她縮縮頸子，拉拉不能遮蓋膝蓋的短裙，覺得寒氣滲入肺腑，氣管發癢，連連咳了幾聲，再向劉田菁說：「我眞的怕冷，如果不是寒流來，妳永遠找不到我。」

「妳會在哪裡？」

「我不知道。」

「笑話。」劉田菁的聲調中，具有不信和不滿的意味：「妳不想告訴我是不是？實際上，我早就知道了——」

姜月娥大吃一驚。「妳知道什麼？」

「彭大哥說……」

是停滯不動的公共汽車發動，猛地向前一衝，大夥兒跟著搖晃，把她突然發生的顫慄和車身顚簸，混合在一起，使人們分別不出。

劉田菁怎會知道彭大哥的事？她倆都是十六歲，是鄰居，又是同學，平素無話不談。她受了各方面的委屈，總願意找劉田菁訴說苦衷；但從沒提過彭大哥的名字，此刻怎會把彭大哥和她扯在一起。

彭大哥是他村子裡的一個好人，大家都說他好。小的時候讀書成績好，後來爸爸死了，家境很差，就一面送報，一面讀書。長大了，又做事，又讀大學，爸媽時常拿彭大哥做榜樣，要她倣效。她遇到書本上的困難，就去問他。很多像她這般年紀的人去向他求教，但她總覺得彭大哥待她和別人不一樣。除了關心她的功課外，彷彿還注意她的身體健康、服裝，以及無法說出的一些什麼。有時在學校或家中受了冤氣，認爲對彭大哥訴說一番，就可獲得補償；但他們見了面，什麼都未說，氣便全消了。

她對讀書和生活，感到新的樂趣。成績進步了，爸爸媽媽交代的事，做得又快又好。媽媽雖然挑剔這、挑剔那；不是說她頭髮長，就是嫌她裙子短；或衣衫太瘦小，她都用微笑代替頂嘴。她知道母親年紀大些，腦筋比較舊些，看不慣新的一切，而不是存有壞心眼。如果她是親生兒女，母親也會如此嘮叨不休。

姜月娥對自己能以如此寬容的心情諒解別人，確是感到驚訝。她平素總認爲天下所有的人，都在逼迫自己、凌辱自己。媽媽固然由於不是親生而虐待她，就是父親也從不關心她、疼愛她。現在居然爲著有了彭大哥的關懷，而改變整個對人生的看法和想法，豈不是怪事。

不久傳出彭大哥即將訂婚的消息。可是，月娥不信，雖然不好意思問他，但彭大哥仍對她笑嘻嘻地有說有笑，和以前沒有兩樣。她心底對自己說，彭大哥沒有變，紛紛的議論全是謠傳。

可是，一天晚上她從街上回家，走在寬闊的馬路上，有伸長脖頸的椰子樹呆站在路旁，緊釘著前面擁在一起的男女。她從那男的走路的姿態和背影，看出是彭大哥（那形象和容貌，和時刻映現在腦中的彭大哥完全吻合），但一直不信自己的視力和想像。加快腳步趕上前去，超過他們再扭轉軀體細看，當時控制不了衝動的驚訝，失聲大叫：「彭大哥，你……你……」

「噢，是月娥。」彭大哥仍和身旁的人緊偎在一起。「見見黃小姐，妳一定聽說過，再過兩天，我們就訂婚了。」

黃小姐說：「這小妹妹是誰？」

她不知道彭大哥怎麼回答，因爲她已撒腳飛奔，聽不到他們的談話了。在路上一直奇怪：黃小姐如何一見面，就說她是小妹妹？她長得滿高滿結實，比黃小姐似乎還要高，一定看到她身上背的黑色書包，認出她是一個正在讀書的學生，所以才看她「小」——好吧，再也不要念書了，這正符合媽媽的意旨。媽媽希望她幫忙家務、照顧店面的想法仍然落空了。她拋下書包就離開家，沒對任何人講過彭大哥的事，劉田菁定是捕風捉影瞎猜。

姜月娥從呼嚕嚕的車聲和風聲中搶著問：「彭大哥已經訂婚了吧？」

「唔。」

「他提起過我？」

「姜伯和姜媽媽都去問過他。」劉田菁仰著頭，肢體隨著車身簸動。「他說妳很任性，但很聰明，不會走得太遠——」

「他怎會知道！」月娥翹起嘴唇，一百二十個不服氣。

「大家都是這樣想，因爲妳身上沒有錢。」

後悔嗎？用不著。她是存心不拿爸爸媽媽一文錢，要自己去闖天下——是受了爸爸平時的影響。爸爸說，妳要好好用功，爭取好成績。媽媽不給妳學費，全是爸爸節省下來的儲蓄，妳媽媽不知道。

一次又一次的繳費，媽媽都不知道，誰信？這該是爸爸激勵她求上進的一種方法。從另一角度看，爸爸似乎不大關心她的功課。他只顧自己散步、聽戲、看電影，極少檢查成績、陪她讀書。她現在不拿家中一文錢，住在同學家裡，慢慢找適合的工作，是替爸爸減輕心理上的負擔；媽媽再不會因她上學的事和爸爸發生爭執了。

同學們眞是不夠意思。從前都說歡迎她去玩，要住多久，就住多久。聽說她離開家，都推說父母只准客人住一夜。她只好厚著臉皮，一家挨一家的講好話，劉田菁才根據線索找到她。

汽車猛地煞住。車掌小姐揑聲叫：「終點站到了。」

劉田菁跟隨零落的乘客站起，細細瞧著她。但她猷坐著不想下車。

車廂中的人已走光，她不得不緊挨著劉田菁慢慢踏出車門。

腳剛落地，車門就有一雙手攫住了她。猛然一驚，見媽媽抱著她的厚外套，急忙地裹住她的上身。「孩子，一定凍出病來了吧！我們在這兒等了十幾班車子……」

現在她已看到爸爸半禿的頭顱，縮在豎起的大衣領中，連連搖晃。「傻孩子，去哪兒，總該說一聲，怎麼不聲不響就跑了，誰不對，妳先告訴我——」

媽媽截住話頭。「別在風地裡盡囉嗦。回家吃飽了、穿暖了再談。我們待她和弟弟一樣，一眼眼兒沒有偏心，我們眞不知道：她爲什麼要離開家？」

大家簇擁著她向回家的道路走去。車聲絕跡，風聲彷佛也逃逸；剎那間，她似乎已記不清自己爲何要離開家，又爲什麼跑回來；更不知道是自己錯了，還是別人錯了。

——一九六九年四月《皇冠》

陌生人

哭啼啼的喇叭聲戛然斬斷，陽光舔了舔乳白色的百葉窗，又縮了回去，空落落的大廳突地顯得冷落淒涼。

郝秋薇從栗色尼龍編織的皮包裡，摸出一張藍票子，舉起晃了晃，平放在保麗板的桌面上。她知道該往櫃台付帳；但她不願意站起，不願意離開這貝殼似的據點。她要等待，等待，等待奇蹟出現：謝亞書會趕來「春城」。

又換了一張英語歌曲唱片：「悲哀的電影使我啜泣」。扭轉頸子，玻璃門頂上圓形電鐘是四點二十八分。門扉蕩了一下，進來的是戴闊邊草帽的小女孩，右手搖動太陽眼鏡，東張西望。門側座位上的一個男人站起，抓下草帽，小女孩擠眼睛，笑嘻嘻。

郝秋薇倒抽一口氣，鄭重地告訴自己：四點半一定要離開這兒。光頭的謝亞書太殘忍，讓她空等了一個小時，她再不能縮在貝殼裡接受煎熬了。

身後有人輕拍她的右肩。

她迅速轉頭。一個陌生男人，上身伏在長方桌上，右手遞來五寸長、指頭寬的紙條，臉上還寫著親善的笑容。

這舉動出乎意外之外。她愣了一下，還是伸手接住。又恢復端坐的姿勢，目光垂下。紙條上藍墨水的筆跡，浸得很粗：「我們去看電影好嗎？」

她又念了一遍。簡簡單單的八個字，但像一記一記木棒擊在額角上。

郝秋薇環顧四周：左前方一對男女，親暱地依偎在一起，唧唧噥噥。後面是麻面男人，眼鏡推上腦殼，半躺在長沙發上，閉著雙目睡覺。遠處有看報的、談天的……他們都沒有注意到她。右旁玻璃櫃內的大肚皮金魚，吐著泡沫，從綠色水草中鑽出，向上浮起。

可是，她還沒看清那人的長相，怎好回答。

又猛地掉轉頭。藏青色西裝，斜方格的灰領帶。白白淨淨的臉，左眉梢像被香菸燒斷了半截。

陌生男人又咧嘴對她笑。

周明江料定那女人會轉過臉來，真的轉過來了。大大的眼睛，眉毛濃縮在一起，畫出焦急和惶惑。

這是一張俊俏的臉。淡淡的口紅，塗得嘴唇很闊很厚。不斷的看錶、看鐘、看報紙、看玻璃櫃內的熱帶魚……是等男友？還是釣「魚」？

不管怎樣，他還要問她：「好嗎？」

她的面色猶豫，目光又瞟向玻璃櫃。尾巴比身體闊的紅色魚，在流動的水管旁翱翔。

陌生人挺挺胸，微微點頭。

「好。」

她回答得很勉強。彷彿是費了很大勁，才擠出那個字。

周明江站起身，勝利地笑了笑。「請等一下，我去付帳。」這曲線剔凸的女人，真的跟他走了。駱樹芬失約，會有漂亮的女孩陪他看電影、吃小館子、逛大街……或是做任何願意做的事。駱樹芬知道了，是憤怒還是懊悔？

他從上衣胸袋內掏出蠟黃色皮夾。見陌生女人那張藍票子，仍躺在桌上。她已拎起皮包向外走。當然用不著她付帳。

什麼?她沒有走向自己身旁?橫過通道,一步步踏往後門。她後悔了,要藉機逃脫?

周明江的目光,追隨她的背影:腰很細,小腿圓潤光滑。一步、二步、三步……在後門口站定,回身望著他。

半截眉毛的男人,凝視她微笑,她走不脫。除非光頭謝亞書能趕到此地來,她要挽住謝亞書的膀臂,慢慢走過帳桌旁,乘謝亞書不注意的時候,給陌生人一個感激的目光。在她極度煩悶焦急的時候,他能邀請她,值得感謝。謝亞書或許正和那個長頭髮的女人,糾纏在一起,嘻嘻哈哈談笑、擁抱,讓她在這兒伴著冷冰冰的桌椅,靜觀囚在水中悠悠自得的金魚。

緋紅的光流,從頭頂浮雕的罅隙中噴出,飄在一長列圓鼓形小紅燈籠上。她恍惚蜷縮著身體,在那些燈籠裡鑽進鑽出。

她咬了咬下嘴唇。即或是謝亞書趕來了,她也要伴著這陌生人去看電影,給他一個明顯的教訓。

陌生人的風度不錯。西裝很挺，身材高，雙肩闊，英俊瀟灑，踏著音樂節拍，一步步走近自己。她感到男人的氣息緊逼著她，才用右腳跟、左腳尖在滑溜溜的地上打了一個迴旋，滑向樓梯。踏了兩層台階，陌生人的手臂已圈在她的腰上。腰幹扭一扭，沒有反應。像是不明白她的意圖。剛見面，就這樣親密？該告訴他放尊重一點。尊重別人，就是尊重自己。話沒出口，他已搶著說：「叫漂亮的小姐等待，眞是我們男人的恥辱。」

你怎知道我是等男人？可以等同學、同事，也可以等姊妹。但她用不著和他爭辯。事實讓陌生人看輕自己，用言語掩飾會有效？

樓梯窄而陡。石階上有撕碎的電影票，還有半截香菸頭。抖顫的三寸高跟，踏著焦黃的瓜子殼，似乎聽到吱吱叫。陌生人扶著她，站在寬大的走廊。馬路上的計程車、三輪車，還有黃牛拖的馬車，在吃力地賽跑。長頭髮的女人，夾在車輛中間，扭著臀部。金黃的陽光，灑一街花花綠綠的旗袍和短裙。沒有謝亞書，也看不到長頭髮的女人。

頭髮長，年齡也不小了；而且是個寡婦。姓謝的竟會喜歡和她纏在一起。眞是爲了寡婦的幾個撫卹金，才伸出貪婪的舌頭？無恥的男人，嘴上說得漂亮又有什麼用，讓她孤零零的陪陌生男人，品嘗戰戰兢兢的感受。謝亞書永遠不可饒恕。

陌生男人的目光，隨著街頭的紙屑翻滾。「妳想看什麼片子？」

「隨便。」

「打鬥的？歌舞的？還是文藝片？」

「我隨便。」

「『斑鳩世界』好嗎？」

她在咖啡室裡，曾翻了很久的電影廣告。「兩男一女」，是新潮派的。「榕榕樹下」、「七顆鈴鐺」和「無敵霸王」都不想看。只想趕走長髮女人，永久和謝亞書在一起。媽媽說，妳不能再和那個獐頭鼠目的傢伙來往了。他來路不明，門不當、戶不對，既丟了妳爸爸的臉，妳又會吃虧一輩子。頭髮剃光了，露出尖頂，怎不是獐頭？圓圓的眼睛，就是鼠目？媽媽用十八世紀的相人方法，鑑定人的品質，怎會使人心服。獲得謝亞書本人就行，還要管他的來歷和門第？「斑鳩世界」大概是文藝片。文藝片離不了人性，也少不了感情，就看文藝片吧！

她說：「好。」

陌生男人擁著她走了兩步，跨出走廊。右手一伸，一輛計程車，悄悄地停在她身旁。

「幾步路，還要坐車？」

「要趕時間。」他打開車門，扶她進去。他挨擠在她身旁。

車身輕輕顫慄。他想大笑。和陌生女人走在大街上，怕遇見熟人，不好介紹。如果街道上的哪位朋友，剛好在玩樂場中見過她，笑話可就傳遍世界。現在坐上車，世界就是他們自己的。在咖啡室裡撿來的女人，能不好好利用？

「你貴姓？」他同時把左臂架在她肩上。

司機的反應迅速，頸子扭了扭，但沒有轉過頭來看他們；諒是遵守職業道德。她擺動上身，又舉手推開他的膀臂。小聲說：「姓郝。」

她還裝出假正經的樣子。能隨便跟陌生人走的女人，還要保持人的尊嚴？好吧，她既然要面子，在計程車上就讓她高貴一點。司機想得可能會更糟，同坐一輛車，不知道姓名，怎不認定她是「應召」而來。

如果駱樹芬知道他如此的「壞」，會隨便抓一個下流女人在一起玩，可能永遠不會理他。但她怎會知道呢？如此刻不是在家裡孵豆芽，就是和她那個老相好的枯藤似地纏在一塊兒。假使她能伸出頭，看看這個世界，就不會失約，讓他在咖啡室裡盡等；也不可能有機會，和這個下賤女人一同出來看電影。

「斑鳩世界」的大幅廣告，疊架在半空；斑鳩圍繞在半裸的女人身旁飛翔。車頭衝在斜豎的大腿下面。他開門，付車錢，買電影票。

背著糖果籃的小女孩，跑上來獻慇懃。「人不多，買樓下的票，可以坐樓上。」

他沒有理她。（怎能在陌生女人面前小氣？）但還是買了兩包口香糖。

陌生人拿著兩張票走向她，她正注視馬路安全島上的鐵索，鎯鎯鐺鐺。汽車喇叭悲哀地吼叫，行人畏畏縮縮潛行。沒有光頭的男人。女人的頭髮梳得又蓬又大。影院門口收票小姐的制服上已生霉點。手心握住小圓鏡，擠捏薔薇頰上的青春膿疱。看文藝片的人不多，人們不需要感情。獸性往往吞沒人性。

她搖著皮包，昂頭衝過鐵欄。鞋跟的橐橐聲，點點敲擊在心頭。聲浪在空曠的樓梯和長廊擴散。她眞和陌生男人走進電影院。伸直頸子，眼看垂下的橢圓形日光燈；但陌生人，是確確實實緊挨在身旁。默默地走著……

她不想說話，謝亞書也不吭聲。她忍不住了，要考考他。

路旁有輛木板車，堆滿磚頭，四腳套草鞋的黃牛，喘著氣慢慢拉曳前進。車後跟條小黃牛，頸上圍滿閃亮的鈴鐺。

牛是爲了生活，還是爲了責任？

唔，唔。

小牛爲什麼要掛那麼多鈴鐺？

叮叮噹噹？人不如牛？還是牛不如人？

唔唔。妳說什麼？

她胸腔中的怒火熊熊。我說你該跟那個長頭髮的女人結婚生子，免得魂不附體。你不要敷衍我。你走吧！隨你做人做牛！

摔下謝亞書和小黃牛，妹妹就嘲笑她。我早就告訴妳了。妳那個「死相」男朋友，拉著長頭髮女人的手在街上走，妳說我造謠。現在妳該相信了吧？

妹妹滿臉憐憫……

此刻，樓上一排排的空座位，也哭喪著臉對著她。她沒有知心的男友，只好像個出賣靈魂的女人，廉價推銷自己的寂寞。陌生人領她坐在一個空蕩蕩的角落，周圍沒有人影。她忽然想起市郊的公墓。

一群灰褐色的斑鳩，從相思樹上飛起，在白茫茫的天空鼓起雙翼滑行。頸下和腹部的白毛，鍍上一層淡淡的陽光。紅紅的太陽出現，白高跟鞋，黛綠游泳衣，特寫的上半身，塞滿銀幕。

她的手被粗大的手掌抓住了。不想抽回，也不想掙扎，掙扎是多餘的。在黑暗的地方，犧牲一點自尊，讓陌生人的錢花得心服些。

手背和手指被慢慢撫摸。「妳在哪兒工作？」

「沒有做事。」現在學乖了，她不能對陌生人講眞話。向公司請了半天假，這個月「不請假獎金」沒有了，還要扣一天薪水。謝亞書指定時間、地點，和她談重大問題，居然會失約。

「我還沒有問你貴姓？」

一隻高跟鞋直向腦門飛來，周明江猛抬頭，鞋底愈飛愈寬大，遮住整個銀幕，細鞋跟變做粗木樁，樁上的船纜被解開，上身赤裸的男人，抓枝獨槳划著。

「我姓吳，口天吳。」周明江提醒自己，不能說眞話。和陌生的女人在一起，玩玩就分開，能將眞姓名告訴她？說不定她也不是姓郝呢。

「你在哪兒工作？」

「我做生意，賣青菜。」周明江心底感到好笑。不錯，做生意，但他是賣西藥。店鋪在大街上，還用了一男二女看店。能把這些告訴身旁的壞女人？

她獨自在咖啡室釣魚，一尾大魚也許看清毒餌嚇跑了，才抓住他這尾小魚。他真的上鈎了？

說不定她是被別人利用作「仙人跳」的可憐蟲。他扭轉脖頸，察看左右前後，有無眉毛濃、胳膊粗的大漢。目光跌落在座椅上，有幾對情侶，親密得只顧及自己，不會看到他人。

一個長頭髮的女孩，在船旁冒出碧綠的水面，雙手攀著船沿，對半裸的男人嬉笑。烏黑的頭髮，溼淋淋的垂在白嫩的脊背上，格外晶瑩奪目。男人用木槳擊水，女孩翻身仰面，直駛而去。

「妳會游泳嗎？」

「不會。」

「妳會跳舞——交際舞？」

「不會。」

她的手柔嫩光滑，不像個做粗活的女人，但也不像個舞女。說不準是茶女、酒女。

不會糟到做神女吧？那是女人的本能，不學就會。駱樹芬，妳不要神氣十足。妳輕視我，不要緊，有神女陪我，就如同有光頭陪妳一樣。光頭是個下流痞，和妳生活在一起，卻不和妳結婚。妳眞不能摔掉他？妳要和他做最後的談判；談判完了，還不趕到「春城」來報告結果。

陌生女人說：「妳的外表，和你的職業不相稱嘛。」

怎樣才相稱？穿破衣服，繫髒圍裙，挑兩隻菜籃去咖啡館看女朋友？

「妳不該光憑外表看人，應該去了解人的內心。」

「內心怎麼了解法？」

她說得很對。如果他知道駱樹芬心中所想的，就不會經常圍繞著她，日夜繫念著她。如果她了解身旁女人的內心，就不用顧頭顧尾。

周明江把一片口香糖的包裝紙撕去，遞給陌生女人，然後再放一片到自己口中。

他問：「妳等的那位朋友，是幹什麼的？」

「工程師。」

這是個會撒謊會吹牛的女人。如果她說等的是位醫生，也許會使人更相信些。她的線條不錯，面孔也很漂亮。醫生可能介紹她去「應召」，或是去「表演」。當然，此地的醫生，業務發達，用不著操「副業」。她也想不到那一點。

「是建豬欄的，還是造雞窩的工程師？」

糖片已溶化，甜液在口腔流竄，但郝秋薇仍想把那黏糊糊的糖渣，重重吐在他的臉上。他有何資格嘲笑謝亞書？姓謝的雖是一家公司裡的助理工程師，但有不少醫院、旅館、戲院，經他設計建築。從灰暗透視，陌生人臉上布滿不屑的神情。他看輕她所等的朋友，也會看輕她的身分。他究竟是什麼樣的人？

她眞不該賭氣，不該因對謝亞書報復而隨便跟陌生人走。離開「春城」，謝亞書就會追到她家的。那天生氣離開他和小黃牛之後，他接著便來解釋。近來正設計一座教堂，希望結構和型式是新穎的、獨創的。建築也是藝術，爲了藝術可以忘記一切，可以把整個生命鑽進去。腦裡裝滿教堂的構圖，就顧不到身旁的人，也聽不到說話的聲音。

鬼話！教堂裡還跪著一個長頭髮的下賤女人，你腦子裡再塞不下別人的影子？

啊，她是個可憐的女人，三年前死了丈夫；她丈夫是我同學；不得不照顧她。

你爲什麼不跟她結婚？

我不結婚；不跟任何人結婚。

他是個怪男人。交遊了兩年，從不需要她什麼。儘管媽媽妹妹成天嘮叨，反對她和來歷不明的男人交往。但她相信他是個誠實君子，願意無條件獻身給他。他們是在溜冰場相識的。她剛學溜冰不久，從場裡栽倒場外，撞在他身上。他幫她解溜冰鞋，扶她去醫院，裹膝蓋上的擦傷。從此便在遊樂場所和郊外遊逛。她冷冷窺伺他，有不少次，以爲他會藉機占有她。但在緊要關頭，他仍保持著人性的光輝。這使她尊敬他、懷疑他，也怨恨他。

她下了很大決心：「從此以後，我要和你一刀兩斷。」

不，不。明天到「春城」再談吧。

「春城」哪有好人？她大聲說：「你是幹什麼的？」

「我告訴過妳，我是賣菜的。」

「我是問你去『春城』幹什麼？」

「等女朋友。」

「她爲什麼不來。」

「不知道。」周明江抓住她汗涔涔的雙手，緊緊握著。「她還有一個男友。」

陌生女人笑出聲：「『二男一女』，是小說材料。」

陌生女人的笑聲刺耳，從心眼兒感到不自在。她有什麼權利嘲笑他？他和駱樹芬在一起，憐憫多於愛情。她比他年紀大，又是個寡婦，他隨時可以拋棄她的。等待，等待，今天該是最後的限期。她不該對自己定的時間地點失約。這將會帶給她應得的處罰。

周明江摸著陌生女人的手臂，滑到指尖；再旋轉她右手的戒指。

「婚戒？」

「不，是紀念品。」

「失約的男人送的。」

「祖母的遺物。」

他慢慢向她身旁挪移，似乎有股香氣薰炙著他。左臂纏繞著她細細的腰，並慢慢加重力量，使彼此間距離密集。

「我們才第一次見面。」她抽回手，扭擺腰肢，摔落臂膀。「請你放尊重一點。」

一對男女撐著雨傘，在森林中小徑相擁步行。銀幕上沒有強烈的光線反射在臉，但耳根的燥熱，引起氣忿的感覺。這是個十足的賤女人，既然能隨便跟陌生男人走，還擺什麼高貴的架子。還要別人把她看作公主？

儘管她年輕，體態豐滿；但和駱樹芬相比，氣質和風度差得多。他實在不想碰她一下；爲了報復駱樹芬的無禮，即或她是神女，他也願意接近她，做一切可能做的事。

在水裡翻滾的女人爬上岸了。「三點」太小，暴露得太多。溼漉漉長髮半披在胸前，遮掩了一部分，但還很惹眼。長髮少女，有青春的氣息；寡婦長髮披肩，就能增加嫵媚的力量？駱樹芬要耍他、玩弄他——玩弄愛情。她說，在一起遊玩、談天，保持一定距離，可以永遠保持友誼。如果你要拋棄我，我不會怪你；如果我不理你，你也不會恨我。腦子裡可以有永遠甜蜜的回憶。

不，不。妳是女人，妳是死去丈夫的女人、妳應該顧惜自己的名譽。「寡婦門前是非多」，何況妳現在又多了一個男人；既然妳認爲我不錯，就不該害我，就應該和我結婚。

我現在不和你結婚。

妳要和我結婚，我要和妳結婚……

周明江大聲說：「我要和妳結婚！」

陌生女人陡地一怔，斜著眼睛看他。「就在第一次見面之後？」

他閉了閉眼睛，身體疲倦地倚靠在硬木椅上。駱樹芬不和他結婚，他可以找任何女人。店裡的兩個女店員、隔鄰的打字小姐、美容院的理髮師……都是追求的對象。但她們離他好像太遠了。駱樹芬放棄最後談判的機會，讓他接近這陌生女人，可能是天賜良緣。

「爲什麼不可以；我是規規矩矩的男人，妳是清清白白的女人，只要我們願意，除非——」

除非什麼？除非妳是神女，除非妳是「仙人跳」的跳板，除非妳嫌貧愛富，認爲我不是華僑，沒有經濟基礎……

周明江沒有說出口，陌生女人注視躺在沙灘上赤裸的男人，胸前有一撮茸茸的黃毛。游泳的長髮女孩，頭枕在寬大的胸前，一隻腿豎起，像倒持的「丁」字。

「吳先生，你眞會說笑話。你是吳先生吧？」

「姓什麼都是一樣。只要人的本質存在就行，姓名僅是一個符號——」

「我們還是看電影吧！看樣子，你不但是個戲劇家，還是個哲學家。」

「我什麼都不是，是個道地的小生意人，當然趕不上工程師偉大。」

「你太客氣了。」郝秋薇挾緊皮包，心裡咕嚕。你是個不折不扣的神經病。她太相信自己、太相信陌生人了。電影散場以後，他要和她結婚。她怎麼辦？謝亞書會原諒她？媽媽妹妹會同情她？而且跟一個來歷不明的神經病在一起，怎知他存什麼心，打什麼壞主意？出賣，殺害，毀屍滅跡。報紙上新聞標題很大，動員刑警偵破……

震顫通過全身，她抓緊皮包站了起來。

陌生男人歪著頭問：「妳那位工程師姓什麼，叫什麼？」

「謝亞書。」她跨出座外。「我出去一下。」

「去哪兒？」

「洗手間。」

「我陪妳去。」

她的動作、表情都反對他同往。周明江身體移動了一下，又恢復原狀。他說了要和她結婚的話，把陌生女人嚇住，想藉機逃走？錯了，他不想要她，占有她，更不想和神女結婚。

頸下有白毛的一群灰色斑鳩，繞著椰子樹盤旋。鏡頭俯衝，遍布黑毛的粗胳膊，壓在細嫩的白手臂上，兩手絞纏在一起，粗粗有力。直直的樹幹，青青的枝葉。一對斑鳩，從樹幹躍起，撲著翅膀，向遙遠的彩雲飛升。

周明江霍地站起，雙手擊著一排排空椅背，順著甬道，推開太平門，走向盥洗室。眼見活動的玻璃門抖動了一下，像剛有人走進。半截的紅色女人身影，膠黏在乳白色玻璃上，掙扎、等待，欲哭無淚。

相同的模模糊糊毛玻璃，燈光從窗簾向外擠。彷彿看到長頭髮在屋內晃蕩。門窗緊閉，屋內有畫似的朦朧。用拳頭敲門。開門的是光頭的男人，他和光頭經常在駱樹芬家碰面，能維持最起碼的禮貌。這會兒，光頭瞪大眼睛，撐直脖頸，用輕蔑的神情注視著他。光頭的肩後，駱樹芬在屋中狂笑。

他腦中嗡嗡響，無法辨別夢和現實。倏地轉身，向來的路上逃逸。走了半條街，聽到駱樹芬在身後大叫。他站在街燈的水泥柱旁等她。

她的眼睛，閃著綠色光輝：你怎能這樣侮辱我？

到底是誰侮辱誰？

你不該對光頭妒忌。他過去和未來都很愛我，但他並不是真正的男人。

妳說謊，妳找理由騙我。

你先回去吧。翻翻歷史，五年前轟動「去『勢』案」新聞，看看男主角是不是叫謝亞書？……

他要告訴陌生的女人，姓郝的女人。但她走進盥洗室，埋藏著不出來。一定要告訴她事實眞相，她爲什麼逃避呢？

磨石子的地光滑，像溜冰場。走廊盡頭是販賣部。冰塊、雪糕，還有熱狗。男女嬉笑聲在迷濛的頂燈下或散或聚。斑鳩的叫聲淒涼，椰子樹披著長髮跳「恰恰」。白霧蒸騰的玻璃窗內是光頭和駱樹芬，榕樹下盡是春天。「華爾滋」節拍太快……

他縱身飛躍，斑鳩似地衝進玻璃門。

「救命——啦！」是尖銳的女高音。

眼前裙裾飛舞，高跟鞋踢踢踏踏，自來水嘩啦啦奔流。小方格的地磚，切斷無數生命和思想。有幾隻粗壯的手，抓住他的膀臂。

男聲：「我見他好電影不看，在這兒打轉，就知道他不是好人。」

女聲：「嚇死我了。我剛推開門，裙子還沒繫好。高跟鞋都嚇得踢斷了。」

另一男聲：「你跑進來找死？」

他被擁出玻璃門。「斑鳩世界」的觀眾，壅塞在長長的走廊，奏出不和諧的樂章。

抓住他的男人問：「你認得字嗎？」

「我不識英文。」

「玻璃門上的女人，也看不見？」

「我分不清男人女人。」

一陣譁笑聲，遮蓋了影片的配音。陌生女人從人叢中擠出，憐憫地看著他。

「喂！小姐，小姐。」周明江大聲喊。「我要告訴妳一句話。」

轉瞬間，陌生女人已縮進人叢。有無數對繁星般的眼睛，眨眨地注視他；他已找不到熟悉而又陌生的那對眼睛了。

又有男高音大叫：「快把色情狂送進派出所，給他一點教訓，免得害人！」

兩個健壯大漢，挾著他向樓下走去。他很後悔，沒有問清陌生女人的地址。而他又不明白，斑鳩飛去，那對男女的故事是如何結束？駱樹芬看到這新聞，將是怎樣想法呢？

——一九六七年五月《皇冠》

多邊的圖形

輕輕掩上木板門，細心傾聽彈簧鎖契合的「咔擦」聲，再挺直腰桿注意弟妹們的房間，燈光明亮耀眼，寧靜如常，似都沒關心門外的動靜，用不著擔驚受怕。

金康莉捏緊脅下古銅色皮包的一角，沿著樓梯小心地走往樓下。她告訴自己要輕點、慢點；但高跟鞋的硬底不跟她合作，仍發出橐橐、咯咯的聲響，彷彿整座樓房都應和著。

樓梯走了半截，就看到客廳中沒有人，爸爸媽媽的房裡有談話聲，這是個最好的機會，出門不會有人知道，也不會被攔阻去接受多餘的教訓，太妙了。

跨過客廳，正伸手推門出去，媽媽適時的打開房門，探頭喊住她：「康莉，去哪兒？」

十二萬分不願意的站住。「媽，我去看同學。」

「怎麼不先說一聲？」媽不像平時的疾言厲色，只是打量她全身的服裝，再皺眉搖頭。「這麼冷的天，還穿這麼短的裙子！」

「流行嘛，我有什麼辦法？」

「何必跟在別人後面跑——」

「進來談談。」爸爸出現在媽媽身後，打斷母女的對話。「妳不是還要和康莉說話？」

康莉噘起嘴唇，走進媽媽的房間。誰知媽有什麼話要在此刻和她談。她明知現在是七點半鐘，但還舉起腕錶看一看。談得太久，誤了約會的時間，成隆德一定不高興。盡說廢話，眞使人心煩。

媽已坐在床上，爸斜躺在門後的小沙發上，互相以目示意，像誰都不想先開口。

康莉倚在門框，把火急的性情壓住，用委婉的聲調說：「有話快講嘛，我要走啦。」

媽媽用乾咳掃清嗓門，兩手輕搥大腿，似乎被逼不得不開口。「明天晚上，有客人來吃飯……」

話未說完，便突然頓住；康莉立刻接腔：「要幫忙買菜、燒菜？我一定到。」

「除幫忙以外，妳自己還要……」

媽媽怎麼盡是吞吞吐吐的？康莉有點懷疑。仔細察看，見媽媽對爸爸努嘴，彷彿要爸爸開口。

眞的，爸爸說話了。「那是我們公司裡有身分的人，妳要穿得整齊些。」

「這麼麻煩，我躲進廚房不出來好啦。」

媽媽搶著說：「我在廚房燒菜，你要端菜拿飯地走動——」

「那些工作，有弟弟妹妹去做……」

弟弟大聲喊：「我才不幹哩！」

康莉嚇了一跳，回頭見弟弟康明和妹妹康美，站在樓梯中間，笑嘻嘻地注視他們。她眞不知道，兩個小鬼是什麼時候溜出房門的。

康美也搖著手叫喚。「我才不幫妳做事哩！」

姊姊氣得想哭。沒有看錶，已知道超過時間很多了；她和爸爸媽媽之間的爭論，又被弟妹們竊聽，今兒晚上的偷偷出門，盡情玩樂的計畫，全被推翻，怎不令人掃興。

她不必在此刻囉嗦，提起皮包旋身向外走。「明兒早上再討論吧。」

爸爸說：「不要討論了，就這樣決定：妳明兒不能缺席，要穿戴得整整齊齊。」

康莉賭氣地說：「又不是相親！」

弟弟拉著哈哈笑。「誰說不是？」

妹妹認眞地說：「我們急著要看新姊夫。」

爸爸大吼：「你趕快上樓做功課，當心我捶你們。」

弟妹們叫著、笑著上樓去；姊姊的淚水已溢出眼眶，但忍住沒有流出，輕聲地問：「康明的話是眞的？」

母親先點頭，然後搖頭；不知是承認還是否認。「康莉，妳也不小了，自己記得幾歲？」

「沒有記錯，二十五歲；但是，我不要結婚，我不嫁給我不喜歡的人。」

爸爸搖手示意不要說下去。室中的氣流剎那間凝成許多乾結，人人感到窒息不安。

「妳先去吧，早點回來。」爸爸總是在爭執時，讓她有喘息和考慮的機會。

康莉已迴身向外走；爸爸又喊住她：「但是，我告訴妳，明天必須見客人。」

出了大門，她才覺得自己應該回敬爸爸一句：「明天，我絕對不見任何客人！」可是遲了，那機會瞬息即逝，再跳回去講，不但顯得勉強，說不定爸爸會發脾氣，不讓她出門，就不能和成隆德見面了。

那一次爸爸發大脾氣，是爲她穿了牛仔褲和露背裝，出現於相親的場合。爸爸說是丟盡金興典的臉，再也不要她這個女兒。經過媽媽打圓場，爸爸的怒氣很久才平息下去。希望這次鬧得不要像上次那樣僵；該和成隆德仔細研究對付這件事的方法。

可是，眞糟糕，又坐車，又走路，連奔帶跑，到了目的地，已遲到一刻鐘。

這約會的地點，也很彆扭：是成隆德的一個同學家裡，今兒舉行生日舞會，定要她來參加。

門口黑黝黝的，從殘破的竹籬笆看到灰撲撲的院落裡，有幾條壯漢的影子搖動。走近了，互相覷視，都不認識。多希望成隆德能出現眼前，她覺得心底有無數的話語和無限的委屈，要向他傾訴。他怎麼不見？難道是因爲她遲到，他已生氣的離開這兒。

一個瘦高個子湊近問：「貴姓啊？」

本來氣得不想回答；但還是忍耐地說：「我姓金。」

另一個胖子拍了那人一記肩膀。「大笨牛啊，請小姐進去坐嘛。」

大家哈哈笑。她沒有理會，挺直脖頸向紅色朦朧的屋子走去。她有異樣的感覺：成隆德的同學和朋友們好無聊啊，進去要和成隆德算帳。

玻璃燈管被紅紙包紮起來，屋中似有光也無光。四周椅子上坐滿了男男女女，好像全不認識。實際上她沒有仔細辨認，只是粗心大意的約略掃視一圈，看有沒有成隆德在座。

沒有。不管成隆德是坐著、站著或是蹲著，那形象一看就分辨得出。他的個子比別人高，塊頭比別人大；除了外表不同，還有神情、舉止也和旁人不一樣。可是現在屋裡屋外沒有他的蹤影，叫她怎麼辦。

坐也不是，站也不是；掉頭就走，更和匆匆忙忙趕來赴約的意旨不合。而且，此刻有更重要的問題想和他研究；離開了，明天怎樣去應付爸爸媽媽爲她安排的相親場面。

尾隨於她後面的高個子一直說：「請坐嘛，請坐。」她東瞧瞧西望望，也找不到一張或是半張空椅子。

他說：「妳先把皮包交給我；找個地方放好了。等到音樂響了，我們好跳舞。」

康莉搖搖頭。不認識這個陌生人，怎好交皮包給他。誰知他存的什麼心，皮包裡雖沒有什麼值錢的物品，但其中有成隆德寫的信，談到關於結婚的問題；甚至於他在信上說，如果她父母堅決不答應，他們可以離家出走，可以到法院公證……等等措詞強烈的話；這些信如果落在別人手中，將會惹出不少是非；還是自己抓牢皮包可靠。

陌生人又大獻殷懃。「妳盡量放心，我可以交給管唱片的人代爲保管。」

康莉發現唾沫星濺迸滿臉，立刻攔斷他的話。「我不會跳舞。」

「那麼妳來幹麼？」

「找人。」

高個子懷疑地四顧。「找到了？」

狂囂嘈雜的音樂響起，她用不著回答。音樂已把一切聲響遮蓋，四周的男女，從座椅旁站起，走向中央，準備跳舞的姿勢。

她要避開人群，更要避開這陌生人，便走向與客廳並列的另一房間的門。

但陌生人搶前一步，伸出左手阻擋。「裡面是『情人廳』，妳最好不要進去。」

「說不定我要找的人，就在那裡面。」

「不會的，裡面都是雙雙對對的，親親密密的，」高個子聳聳肩。「除非——」

他又頓住不說了。大廳裡已是人影翩飛，肢體和手臂晃動，前後左右的男女，海浪似地澎湃奔騰。從音響和動作裡，她可以察覺出體會到陣陣熱流和青春之火，在熊熊燃燒。也幾乎被灼傷或是烤焦了。

但成隆德為何不來？是他自己約定的時間和地點啊，難道又出了什麼岔，遭遇意外事故。

她好奇地問：「除非怎麼樣？」

「除非妳拉著我的胳膊，裝得親親密密地一起進去。」

明白了，要和他裝成「情人」的樣子。這定是成隆德出的鬼主意，他準時來了，就要在許多同學面前，擺成情侶的姿態；可是，他為什麼失約？也許是來了，沒有看到她就生氣地走了；但為什麼不能等一等。

「不要。」康莉堅決地說。

「不要緊的，只是像演戲一樣。」

「我不喜歡演戲，現在就要回去。」

陌生人又舉右臂攔住她。「何必呢！」他用左手搔額邊披長的髮絲。「我忘了問，妳到底找誰？」

「成隆德。」

「哦！妳該早點告訴我。他今兒晚上不能來，就是來也會到得很遲。」

她心尖顫動；不知是氣的還是凍得哆嗦。成隆德竟是如此的人，眞的錯估了他。媽媽替她選擇的對象，都是有身分、有地位的，換句話說，都是有錢的，而不顧對方的品貌、學問、年齡；一年當中已有三次類似的相親，都被她用各種方式推避了。她自己認識的男友，媽媽都看不上；不是嫌沒有經濟基礎，就是說門不當、戶不對。母女之間的感情，已鬧得很僵；但她不顧一切，定要自己選擇理想對象。好吧，現在竟選中這樣一個不守信的青年。幸虧還沒有帶他見爸爸、媽媽。媽媽如知他僅是一家公司的小職員，不管他有多好的學問，有多少輝煌的未來，都不會讓她嫁給他；加上他如此的不負責，還有什麼婚嫁好談的。

但她仍對陌生人的話懷疑。「你怎麼知道他的行動這樣清楚？」

「他特地叮嚀我，叫我告訴妳；還要我好好照顧妳。」

「不必了。」她不屑地揚聲說。可能這是陌生人編造的謊話，不一定可信。即或是眞的，成隆德也不可原諒。爲什麼不把不來的事實、想法告訴她。有什麼天大的事，還比對她的約會重要？現在是下班時刻，絕不會有公事不能離開。

康莉掉轉身，擠過鬧嚷的音樂和蹦跳的人群，向門外走去。她內心對自己說，成隆德的名字和形影，從此就要在心版上抹掉了，她要找另外一個人塡補上去。

跨出音樂的喧囂範圍以外，突然對自己的想法懷疑起來。媽媽爲她安排的「相親」，爲什麼要逃避；也許比成隆德更年輕、更有學問，長得更「帥」。弟弟妹妹們，都在關心她的終身大事（爲何跟在她後面，躲在樓梯口竊聽）。妳還能任性幾年呢？

匆遽地穿過鬱鬱的院子，雖然聽到陌生人在身旁嘰哩咕嚕勸說留阻，但她仍使勁奔跑。走出院門，清醒了不少。她問自己：「爲什麼明天晚上，不能幫爸爸媽媽招待客人？」

夜色灰茫茫的。成隆德照著人事室吳先生畫的路線圖，找到了張副理的大門。門牌號碼是對的，又有黑底金字「張寓」的牌子，諒不會錯。他便下決心揿門上方的電鈴。

應和著鈴聲的是一陣惡意的犬吠，接著便有人在院中查問是誰？找誰？

成隆德從黑色大皮包裡抽出名片，在門縫裡塞進去。張副理不一定會記得他的姓名，但名片上有公司的職銜，一定會傳見；如果推說公事要在辦公室裡談，就要把和他兒子張靖安同學的關係說出來。總之，他今晚一定要和副理見面，不然就一夜睡不著覺。

考慮是多餘的。一會兒便有二十歲左右的女傭出來開門，讓他進去。

張副理和在辦公室的模樣兒差不多，只是沒有結領帶，坐在客廳吊燈下面，無髮的「蛋頭」顯得更光更亮。口裡含的菸斗，仍撲撲冒火星。

「張伯伯！」成隆德希望靠這稱呼拉攏彼此的情感距離。「靖安最近有沒有寫信回來？」靖安已去美國兩年多了，他們很少通信。

副理最初聽到那稱呼一愣，接著便恍然大悟地說：「哦，哦，你和靖安是同學？」

成隆德沉重的心情，略略鬆弛。只要副理承認這個關係，下面的話便好談，困難的問題必可獲得解決。

在靖安沒出國以前，曾答應介紹他到爸爸的公司裡服務。可是，成隆德沒有利用這個關係，是憑自己的學問和本領，在一千多個投考人當中，他以第三名的優異成績被錄取，所以進公司半年多，他從沒在副理面前談過張靖安，副理一定早已忘記了他。

他不願意錯過一分一秒的機會。「我要寫信給靖安，告訴他結婚的消息；可是沒有他的地址。」

「恭喜。」話中毫無表情，完全是官式的應酬。「那很容易。阿蘭，阿蘭，拿靖安寄回的信來！」

阿蘭在答應後不久，便把靖安的信封放在茶几上。

但成隆德沒有看住址；歪著頭，注視主人，柔和地說：「我還有一件事，要求張伯伯幫忙。」

「什麼事啊？」

「我……我想，請……請您證婚。」

副理面露得意之色。「你該請一位年高德劭的長者證婚，婚禮才有光彩。」

「您的身分、地位，我覺得最合適。」

「好吧。」副理吸了吸菸斗，表示考慮了很久才勉強地答應。「小姐是哪兒人？」

來了，成隆德嘲弄地對自己說。不平常的炸彈就要爆發了。

副理再也無法安安靜靜坐在這兒談話了。「是本公司同事金興典的小姐。」成隆德咬清每個字，靜靜地注視主人的面龐。話沒說完，主人的菸斗突然掉在地上。

副理忙彎腰撿起，菸斗倒著往唇邊送；發現錯誤再拿正，手臂顫慄地問：「金興典有幾位小姐？」

沒有錯，一點兒都沒錯。人事室老吳的話完全正確，如果他不相信，問題就複雜多了。

老吳說：「張副理明兒晚上要相親，你知道？」

張副理死了太太兩年多，人人說要續絃；但他從沒注意這新聞。他只好搖頭，表明自己的消息閉塞。

老吳拍響他的肩頭。「那麼，你一定更不知道『相親』的對象，是金興典的女兒了。」

他懷疑自己的聽覺；但老吳的聲音，微笑時的絡腮鬍子根根發亮，都是千眞萬確的事。想用拳頭猛擊老吳的腦門；宣洩自己的憤怒；但老吳報告他的消息沒有錯，怎能錯怪他人？

「胡說八道。」成隆德立刻反駁。「你說的話，毫無事實根據。」

「你不相信，可以問出納股股長，他是陪客之一；再不信，你還可以問……」

已完全相信了，看到主人的表情和態度，就知道不赴康莉的約，故意請張副理證婚的計策，是百分之百的獲得勝利了。

「他有兩位小姐。」成隆德裝得安閒自在，輕鬆地解釋。「二小姐年紀還小，才讀高二；和我結婚的是大小姐。」

「叫，叫什麼……叫康莉，是……是不是？」

「是的，叫金康莉。」

張副理放下菸斗，用掌心摩擦自己的額頭。

他看不出主人是否在擦拭汗珠；但可以揣測副理內心在作最大的掙扎：要和兒子的同學去爭愛情嗎？愛情還談不到，只是初次見面。女孩子年紀很輕，可以做女兒，而她父親和她的愛人又是他的部屬。這關係太複雜、太奧妙。這個年輕人特地來請證婚，原來是個圈套。

當然，副理也許會想到介紹人不會錯，金康莉的父母不會錯；而錯的是這個年紀輕、資歷淺的職員成隆德，在他面前胡言亂語，說不定神經不正常。

張副理滿腦子畫著不相信的符號。「她的父母同意嗎？」

「現在還不知道；到那時候，一定會同意的。」

主人又抓起熄火的菸斗猛吸。「那怎麼可以舉行婚禮！」

「我是和康莉結婚，不是和她父母，她已成年。」

「不行，不行，你們不能那麼做；我要阻止——」副理沒有說下去。但成隆德知道他把話說錯了。你有什麼資格阻止？憑上司的身分，還是以康莉的未婚夫身分？你們只是明天初次見面啊。

「阻止沒有用的。」成隆德堅定地說。「任何人阻止都沒有用，我們深深地相愛……」

「相愛？」主人多皺的面孔上，飄起迷惘的神情，眼球凝滯不動。「你有證據？」

「有。」成隆德把事先準備好的，用橡皮筋束起的一疊淺藍色信封，從大皮包中搬出，擺在副理面前。

副理牽動眼角的皺紋。「我哪有時間看這些。」

「看這一封就好了。」他把最上面的信封，猛地抽出；可以聽到橡皮圈彈動信封的響聲。再用手指掏出信紙，在副理面前晃著。「她在這兒寫著，『不管父母如何反對，隨時隨地準備和你結婚。』」

主人抓在手中，約略地瞄了一眼；不知有沒有看清，就順手遞回。「不行，不行，你這樁婚姻，總有糾紛，我不能替你證婚。」

「剛才副理答應過的。」

「不對，不對。」副理又猛吸菸斗。「我忘記問你結婚日期是哪一天。」

「再過三天，是禮拜六下午。」

「不對，不對。」主人緊搔尖蛋式頭顱。「年紀大了，容易忘事。南部的分公司內部人事出了問題，總經理要我明兒一早去督導改組，一星期後，才能回來。」

「我們的客人不多，可以延期，等您回來再舉行婚禮。」

「不必了。我早就告訴過你了，證婚人要請年高德劭的長者。總經理是最適當的人選，最好請他，我絕對無法分身。」

成隆德沒有再說下去，默默地把信封束起，裝進皮包拉好拉鍊；再把張靖安的通訊處用原子筆記在記事本上。然後站起禮貌地說：「那麼，無論如何，請副理光臨觀禮！」

「能夠趕回來，我一定去。」

用勝利的步伐跨出「張寓」的大門；但舉起腕錶，見已超過和康莉約定的時間一個多鐘頭；不知見到她，要用多少話才能把失約的經過解釋清楚呢。

他抬頭看天，蒼穹已露出熠熠星光。成隆德想，失約的不是他一個，明天還有更多的人失約哩！

——一九六九年四月《自由青年》

憤懣的獨白

檢查完兩隻舊得發白的黃皮鞋，啞巴鞋匠食指交叉伸在顧客面前。雙腳套拖鞋的禿頭說八塊。啞巴擺擺手，拾起另一隻鞋修補。這兒的老規矩：還價不做。禿頭是老主顧，爲什麼還想在價錢上打折扣。換跟、縫綻幫，該是十四塊；要十塊錢仍想還價，眞是人心不知足。

禿頭僵坐在方竹凳上，西斜的陽光抹在他的臉龐顯得又紅又亮。他左手扶著近視眼鏡，右手擰起一隻鞋晃蕩，像是下不了台——那是他自己的事，誰管他。不能講理由，打手勢他不懂，又浪費時間。

浪費時間在禿頭身上簡直是傻瓜。禿頭經常到店裡來，東摸摸西看看，像是對又霉又臭的皮鞋發生興趣，如果不是媽媽對禿頭有說有笑，老早就趕走他，不准他來店內擾亂自己工作情緒。

他到現在仍不明白，是媽媽老早認識禿頭，還是禿頭常到這兒來修理皮鞋才認識媽媽？實際上禿頭常常來，並不是爲了修理皮鞋。有時坐在門後的高竹凳上，撿起別的客人包皮鞋的舊報紙，翻來覆去的看個半天。如果媽媽到店裡來，和他談談說說他才走；媽媽不來，他擎起又髒又皺的廢報紙儘看儘看，直到修理皮鞋的客人多了，沒有空隙站的時候才離開。

這是一個很怪的傢伙，他想。誰都不喜歡來這又齷齪又窄狹的小屋子，禿頭卻喜歡到這兒來閒聊看報紙，豈不是反常的怪人？更怪的是媽媽，她那麼喜歡和禿頭談天，爲什麼不把他請到家中去談談，家內有桌子有椅子，沒有不三不四的人來來往往，不比這兒強得多？

那些閒事他眞不願管；管閒事麻煩就多。成天換底、釘跟、縫破綻……還有不少麻煩。弟弟來拿錢了，沒有。爲什麼沒有？沒有就是沒有嘛，還有理由好講。錢箱是爸爸鎖的，鑰匙由爸爸保管，每天晚上打開錢箱，拿起鈔票一張張數，錢少了，就是一頓臭罵；你這懶鬼，不好好做活；錢到哪兒去了？當然不能說被弟弟拿去了。那樣弟弟會要你好看。

弟弟一點兒道理不講，來了就要錢。錢鎖在錢箱裡，跟爸爸要吧。不行。擰耳朵、捏鼻子、搥肩膀，要錢。錢該留下來，不要塞進錢箱。三十塊夠了。噢——明天要五十塊。收進來的錢，藏在皮鞋內。懂了吧，不懂也不行；我一定來拿。假使沒有錢，等著瞧吧！

誰知弟弟會出什麼花樣？弟弟交了不少壞朋友，他們都歪戴著學生帽，穿喇叭式褲子，褲帶紮在肚臍底下；嘴上還叼著半截香菸，樣子眞難看。弟弟會帶他們來揍你。告訴爸爸，弟弟被鎖起；放出來，更要對你報復了。爸爸能成天跟著你？算啦，乖乖地交錢給他。錢是你賺來的，誰拿去用都是一樣。爸爸喝酒，媽媽賭錢，弟弟——他想不出弟弟拿錢去怎樣用；一定不是正當支出。如果是買書、買鋼筆，伸手向爸爸、媽媽要錢，爸爸媽媽還會不給。爸爸媽媽都非常寵愛弟弟啊！

眞糟，麻線打上結，抽不動了。只好割斷重來，浪費時間又能怪誰？他想到弟弟便心酸手顫，弟弟總是欺侮他。一人一塊餅，弟弟趕緊吃完，再向你搶半塊。弟弟架起椅子疊羅漢；在天花板下弔繩打鞦韆；用麵粉捏小人……摔壞家具，打碎碗碟，全是哥哥，哥哥不會講話，不會講理由；有話有理由也講不清楚。爸爸媽媽全不聽你的——誰有耐心去慢慢研究手勢說些什麼。爸爸媽媽全不喜歡你，因爲你是啞巴，你不是媽媽親生的。媽媽去世的時候，你才三歲。沒有媽媽，不是你的錯，爲什麼你要受到不公平的待遇。

當然，這是自己胡思亂想。怎麼知道他們不喜歡你是因爲你不是媽媽親生的？如果你會說話、會念書，爸爸媽媽也會像對待弟弟一樣待你。

他在小學讀書，成績一直很好。不是第一，就是第二，爸爸媽媽誇獎他，弟弟妒忌他。好了，只是一場重感冒，嗓子就變了。醫生說，你昨天講話太多了吧？沒有。不要再多說話，再多說話就永遠說不出話來了。打針、吃藥，成天閉著嘴巴。睡到半夜，張開喉嚨，只能發出破碎的「啞——啞——」聲。他不明白醫生攪的什麼花樣，完全聽他的話，還不是永遠不能講話？爸爸媽媽該去砸碎那醫生招牌，看他敢不敢再害人；可惜那醫生不久就搬家了，不然，他一定要成日成夜等在醫院門口，要醫生賠他的嗓子。醫生眞算是一個好職業，殺死人不用償命。誰知他是不是故意殺人，故意破壞他的嗓子。

禿頭又還價了，賭氣似地說九塊。搖頭，再擺手，仍舊不做。「不二價」的原則要堅持到底。看樣子禿頭很生氣，眼鏡抹下又戴上；摜響皮鞋，再拿起穿在腳上，一定是不換跟，也不縫綻幫了。多做或少做一件生意，不在乎；爸爸檢查錢箱，嫌少就讓他嫌少吧！不論做多少生意，賺多少錢，總是要嫌少的。弟弟要錢，媽媽拿錢，錢賺得多或是少，對你能有多大意義。

不論怎樣說，這禿頭太不夠意思。三天兩天來店內玩，現在爲了一塊錢，就要板起面孔掉頭走開。好吧，看他以後還有沒有臉坐在方凳上看舊報紙，和媽媽東扯西拉的聊天？那樣你便趕走了他，或是想個調皮的辦法作弄他；誰叫他那樣小氣，沒有人情味。

禿頭可能很寂寞，也很會開玩笑。他不是爲了一兩塊錢才還價，這只是他打發時間的一種好辦法。平時沒有事，他會坐在這又髒又臭的房子裡待上半天，現在有正當理由，還不藉這機會賴在竹椅上？如果他有家，有太太和孩子，就不會老泡在這兒惹人討厭了。

媽媽也非常討厭禿頭。昨天在這兒曾經狠狠地對他說，我有家，有丈夫，有孩子，請你以後再不要來這兒纏著我，我也不希望再見到你。

聽了媽媽的話，眞覺得高興，他是十二萬分的不喜歡禿頭。他人長得又醜，脾氣又怪，年紀又不小了，起碼有四十五歲，眞不知道媽媽以前爲什麼那麼喜歡和他說說笑笑？從現在起他不再看到那禿頭禿腦的樣子了。

唔，禿頭回答的話，眞使人想不到。他說，妳講得倒是輕飄飄的。那樣容易就忘記以前的感情。妳願意我才不願意哩！

你要怎麼辦？

很簡單，妳嫁給我——

噓！你胡說！你當著啞巴的面胡說。他雖然是啞巴，可是聽得到。不會說話的人，心最靈巧。他已不小了，很懂事了。他不會說，可是會寫。小學畢業了，閒下來就看書，還不會寫？

那麼妳答應我——

別作夢吧！十五年前沒有嫁給你，現在你還想抓住我？你比以前年輕了？進步了？可是，時間的分量，同樣壓在我們的身上。

你錯了，我和你不同。我有家，有……

有孩子、丈夫。但我忘不了妳，妳一定也忘不了我。

別作夢吧，我什麼都忘記了。夢，浮雲，美麗的謊言……現在我只忘不了金錢。你送我錢，我會接受——

我沒有錢，妳知道的。有錢還會這樣落魄？

那麼，你走吧！門在那邊。你眞傻，眞蠢，會想從我這現實的女人身上，獲得你想要的什麼。不是時候，不是地方，也找錯了對象。你賴著不走？好，我走了。你陪著啞巴談談吧，哈哈哈，啞巴很無聊很寂寞哩！

媽媽眞勇敢，眞乾脆，說多潑辣就多潑辣。說完話就走。禿頭的眼鏡抹下戴上，戴上抹下。臉很紅，心裡很難過吧。媽媽的話，好像有道理，也好像沒有道理。也許她是故意這樣，給禿頭受氣吧？如果他會講話，也要說些難聽的話，刻薄的話，諷刺禿頭，免得禿頭再來囉嗦。誰想到禿頭受了那一頓，今天又厚著臉皮跑來。如果弟弟知道媽媽討厭他，弟弟定會指禿頭大罵幾聲禿驢，他就不會再來這兒惹人厭。可是，啞巴沒有辦法對付這討厭的傢伙。

當然，今天他來這兒的目的不同，他現在是顧客。爸爸說，顧客永遠是對的；要得生意好，就不能得罪客人。他得裝著喜歡禿頭的樣子。有時候，生意清淡了，一個人在店裡眞悶得慌，如果有禿頭坐在身旁，心裡就會有一種溫暖的感覺。親近的人在一起，講話和不講話是有同樣效果的。

這簡直是笑話，他不認識禿頭——不曉得他的姓名、年齡、籍貫，也不知道他的職業，怎能算是和自己很親近？爸爸、媽媽、弟弟和他很親近，但都不願意理他，認爲他是個殘廢，誰想到他的心靈卻是如此健全。沒有耐性的人是不會設法了解他的。禿頭很有耐性，仔細閱讀破舊的報紙，爲了一塊錢願意和他爭半天，他老早就該和他親近點。

不，禿頭耐心的坐在這兒不是陪他，那是爲了等媽媽。他是媽媽的朋友？情人？還是婚前的愛人？他弄不清楚，誰也弄不清楚這糊塗帳。如果爸爸知道會很生氣吧？你知道了，早就該告訴爸爸的。該告訴爸爸的事太多了，但你可以推卸責任——不能說話不是你的錯；而且又沒有人問你。誰願意向啞巴提出問題。

禿頭預備走了，狠狠地瞪住他，並且大聲嚷著，你這小啞巴欺人，瞧不起顧客，我以後再不上你的門修皮鞋了。

他覺得好笑。禿頭不來這兒還要找藉口，天才會知道他不來這兒是爲什麼。可是，他笑不出來了，爸爸站在門口。瞧瞧禿頭，再瞧瞧他，又低頭看看禿頭的鞋，直著嗓子罵；你偷懶，不做生意，得罪顧客，下流的東西，你想坐著吃喝玩樂嗎？

爸爸不該這樣罵他的。他沒有這個意思。如果明白禿頭是一個怎樣的顧客，爸爸就不會怪他了。搖手。看著禿頭那副得意的樣子就感到氣惱，手指指禿頭，爲自己受冤屈難過，脹紅著臉，嘴巴張開，咿咿啞啞一陣。

禿頭說：你看，換個底，把這點破綻縫一下，給他九塊他還不做，一定要十塊，你說氣不氣人？

爸爸隨便看了他的鞋一眼，低聲下氣的道歉：對不起，對不起！留下吧，不要走。

一定幫你補。現在這小子又犯了懶病，等一會我要好好捶他。

完了，原則打破了。爸爸不該管閒事的。每個人都有權選擇自己做事的原則。如果不是這卑鄙的禿頭搗蛋，他便不會受這冤枉氣。現在只好眼看著禿頭帶著勝利的姿態，又坐在他對面的高椅上脫皮鞋——麻線又打了個死結。眞煩。爸爸快點走吧。走了之後，他還是不幫他修補皮鞋。禿頭不會介意的。有了藉口坐在這兒等媽媽，說不定還要感激他哩！

糟了，爸爸這時候就檢查錢箱；早點準備一下就好了。打開鎖，他趕快偷窺一眼，心冷得出汗。箱內的鈔票是那麼少，早曉得爸爸這時候來，弟弟要的錢，不先藏起，就不會露馬腳，現在怎麼辦？

你這又笨又懶的啞巴，錢到哪兒去了？

爸爸嗓子很粗，臉色很難看，像是要吃掉他的樣子。爸爸不該當著禿頭罵他的，他恨禿頭，瞧不起禿頭；現在禿頭裝成正人君子，坐得高高的對他微笑，非常得意。像是在說：這時候你該明白你自己是個什麼東西了吧！

他早已明白自己不受人重視。在家中他像隻皮球被踢來踢去，又像個玩具，供大家消氣、享樂。能夠賺點錢，對大家多少有點用處，還不至於把他摔在一邊，如果他沒有學到這種技能，不知道會變成什麼樣子。

爸爸不相信只有這麼點錢，用懷疑的目光看他，看錢箱的四周。爸爸一直不信任他，如果信任他就用不著在錢箱上加鎖，也不必時常來拿錢吧？但爲什麼不懷疑媽媽和弟弟的行爲。

完了，一切都完了。爸爸手伸在破皮鞋內，一下子就把五十塊錢抓出來，摔在他的面前。他能用什麼理由爲自己辯護？

好！你這小子！

爸爸沒有問青紅皂白，劈面就是一記耳光。好響，好痛，眼睛發光，耳中嗡嗡地叫，喉頭梗塞，淚水在眼眶中打轉。忍住吧，一切都要忍住，禿頭正獰笑地看著你。他是個幸災樂禍的傢伙，他希望別人痛苦，受災受難。如果媽媽跟他走了，爸爸和弟弟一定很痛苦，家中沒有媽媽照料還會成爲一個家？可是，他們痛苦與你有什麼關係。弟弟不同情你，不關心你，更不尊敬你；爸爸不體諒你，不了解你——沒有了解你的念頭，只是用暴君的手段鎮壓你、恐嚇你；完全沒有想到不會說話的人，還有自尊心和高貴感。

他爲什麼不比別人高貴？除了工作以外，安分守己的讀書，不偷不拿，不搬弄是非

——假使有張會說話的嘴，或許就不同，那樣禿頭就不會有這種得意的表情，裝成個紳士坐在他對面，看著爸爸打他了。

摔脫皮鞋，兩手掩著面孔，緊靠著膝蓋。他再不願意看著父親的嚴厲面孔，禿頭的陰險面孔。如果他能逃避，他有地方逃避就永遠不要再見他們，現在他眞希望禿頭早已把媽媽勾引得脫離家庭；家中四分五裂，各走西東，爸爸和弟弟都得到應有的懲罰——那樣可太便宜禿頭了，惡人是該有惡報的，禿頭心眼兒很壞，誰來處罰他呢？

禿頭說：想不到啞巴還會用心計、耍手段，我一直把他當作傻瓜哩！

爸爸的火更大了。誰說他傻？我老早就料到這小子好吃懶做，準會偷錢，所以才把錢箱鎖起來，他把錢不放進錢箱。你說要叫我怎麼辦？難道要我成天到晚，坐在這畜生旁邊盯著他？

不要，不要。那太簡單了，每天要交給你一定數目的錢；如果錢少了，你就罵他、打他，不給他飯吃，看他還敢不敢偷懶？看他還敢不敢故意抬高價格——八塊錢的一雙鞋，一定要十塊，他就「揩油」二塊……

啞巴覺得氣息塞在胸腔和喉頭，呼吸非常困難。屋中的破皮鞋——掛著的、躺著的、塞在牆角的鞋都在旋轉、跳躍。熱鍋內油炸的絲絲聲，停留在他的腦中。現在還不是吃晚飯的時候，他不該想到吃飯。可是禿頭這意見，如果被爸爸接受，他就永遠沒有飯吃了。媽媽來拿錢，弟弟來拿錢，永久達不到爸爸要求的數目，他們誰都不體諒你，你做活，做活……你不會講話，不會反抗，做死了還不是活該——

他慢慢抬起頭，挪開面孔上的雙手，禿頭對著他微笑。彷彿在說：你還要十塊嗎？

啞巴扶著膝蓋慢慢站起，他覺得爸爸、禿頭，以及整個屋子在他眼前滑過，只剩下白茫茫的一片。地面開始旋轉、傾斜、簸盪，他左手扶一下禿頭坐的竹凳的腿才穩住自己的身體，禿頭此刻就在他懷內，他要告訴禿頭，他不該如此的欺侮弱者。媽媽不理他，並不是他的錯，他沒有干涉他們的事。他是可以告訴爸爸、弟弟趕走這個破壞家庭的惡棍；但他沒有這樣做，因爲他是個啞巴，不了解這混濁的社會，不了解自私自利的人們，滿腦子齷齪思想的壞蛋……

禿頭沒有站起，仍仰頭對著他獰笑。獲勝的得意的笑容使他內心冒汗。禿頭爲什麼要這樣虐待他？這是一場悲劇，他不負一切責任；他是不願採取任何行動的。

他左手抓住禿頭的衣領，要拉起他來——禿頭大聲喊，放手！你這混蛋，骯髒的手弄髒了衣裳，你這啞巴要找死？

他的拳頭猛烈地擊在禿頭的額上、面頰上、鼻頭上。他希望禿頭站起來回擊他。但是沒有，禿頭用雙手抱著頭叫嚷。爸爸在背後拉住他，又摑了他一記耳光。

爸爸說：你這小子瘋了！

他僵立著凝視禿頭臉上的血跡。鼻血塗滿全臉，怪難看。爸爸走近禿頭身旁，扶住禿頭問長問短。

禿頭呻吟著說：疼死我了，快送我到醫院，你看到的，啞巴是個瘋子，要關起來，你看著他打傷我，你要負責任。好吧，我要循法律途徑解決，你們全家都是瘋子神經病，害死我了。

爸爸扶著禿頭向外走，連聲的道歉陪不是。走出門外，還轉過頭來對他大聲喝道：你這小子，無法無天，回來再和你算帳！一切都已靜止，但他仍聽到熱鍋內煎油的絲絲聲，池塘內小魚的跳躍聲。他頹然地坐在原來的矮凳上，伏在膝頭啜泣起來。

——原載黎明版《蔡文甫自選集》

沙灘上竹屋

雄偉的水泥橋，平擱在一連串笨拙的橋墩上。乾枯的濶大河床，似乎被壓得透不過氣來，河水萎縮在河心顫慄。河床兩側裸露著大片沙礫，彷彿是老教授鴨蛋頭的禿頂，沒有絲毫生機。

孫稚蘭從橋身走向長堤，背對竹林，雙手反握披肩長髮，向左右眺望。紅紅的太陽，又圓又大，好像貼著田野向沙地墜落、墜落。

視野從遠方抽回，僅是眼珠轉動的瞬間，就看到河床曲坳隱蔽處，母親俯身在半截石塊上，右手執弓形鋼鋸，抽鋸那粗大竹竿。

她沒有考慮和思索，便直向母親身旁衝去。翠綠的半高跟鞋，連連在草根纏結的堤面，坑痕累累、石塊嶙峋的河灘上跌跘，她不顧一切地衝向前方。

「媽！」稚蘭遙遠地大叫：「幹什麼啊？」

鋼鋸仍迅速抽動，母親未抬頭，只有鋸齒啃噬竹竿的「吭嗤……吭嗤……」聲呼應著。

女兒向前跳躍，一隻高跟鞋斜插進沙坑，細沙灌滿鞋幫。她使勁拔出左腳，但鞋仍陷在軟沙裡；賭氣把右腳也踏進沙地。倒光鞋裡的沙，赤著雙腳，拎鞋在手中，走進母親身旁，抓住執鋸的膀臂搖撼：「休息一下嘛！」

「我要趕工。」

母親額角的汗珠，從眉梢滾落，氣息喘急。她不忍心母親長久勞累，緊緊抓住執鋸的右手，央求地說。「停下來吧，我有話要說。」

「說吧！」母親軀幹僵硬在半空，鋼鋸繞半個圓弧。「妳不該來這兒，現在趕快走。」

「好！我要和媽一道回家。」

「不行，我要在這兒造房子。」

女兒駭怪地打量大大小小的竹竿，很多根被鋸斷了，有長有短，顛倒凌亂地僵臥沙灘；鋸屑飄散，噴射在細沙上，有如敷了一層薄粉。

「媽是說——」女兒用鞋掌敲打著青黑色竹根。「用這些竹子在沙灘上建屋？」

「當然，這兒有山有水，空氣新鮮。」

「可是，」稚蘭咯咯笑。「水嫌太多了，漲潮的時候，沙灘上全是水，媽忘了？」

「我知道，颱風來了才像妳說的那樣子。一年當中，颱風難得來幾次。」

「流沙會沖瀉，地基不穩固，怎能建房屋？」

「竹子很輕，不是鋼筋水泥……」母親已掙脫女兒的掌握，又急速抽動鋼鋸，不理女兒的建議。

稚蘭猛抬頭，見那熱烘烘的太陽，已墜入堤岸內的河水中，唯有尾隨紅日的彩霞，仍在半空塗抹一片紅，一片紫，一片迷濛的黃。

稚蘭用腳指挑起細沙，沙粒從指縫間流瀉。她很後悔和母親談得這樣多，延誤了不少正事。匆匆忙忙趕緊下班，到家連鞋都來不及換，跑到這兒來，想拉母親回去，準備飯菜，接待客人。但談了半天，還沒有說到正題，盡爲這沙灘建屋的事費口舌。

她生氣地問：「媽還記得客人來吃晚飯的事——？」

「客人！」母親的鋸子只停頓了一下，偏轉頭問：「誰？」

「夏叔叔，夏雨書叔叔。」

鋸條又在竹竿間咆哮了，母親閉緊雙唇，用鼻子哼了一聲。「我不願見他，妳回去吧！」

「為什麼？」

母親沒有回答，執鋸的膀臂，運動得更快，似乎立刻要把那根粗大的竹竿切斷，才算達到心願──不對。母親慢慢旋轉軀體，完全背對著她，竹竿飛落得少了、慢了。她突地明白：母親的軀體是在搐動，在呼嘯的風聲裡，已傳來抽泣的哽咽聲。

孫稚蘭一手抓著一隻鞋，鞋掌和鞋掌互相敲擊。眞不願聽到母親的哭泣聲，但自父親患食道癌去世後，母親就不斷的嗚咽。白天號啕，夜晚唏噓，有時她也陪著哀哀悲啼。一週、兩週……日子在痛苦中流淌，心情沉重、遲滯。全家哭嚎，沒人勸阻怎行？即或是鄰舍不厭嫌，家中也得過正常生活。

媽在家裡哭得不暢快，便到爸的墳上去哭訴。紀念父親的方法很多，怎會單選擇既傷身體，又耽誤時間的哭泣？她知道母親的悲慟，是由於無法維持全家的生活，更沒法清償積欠的醫藥費和暫借的喪葬費；但哭泣能解決問題?!

問題都是夏叔叔解決的；而今天夏叔叔來吃晚飯，家中什麼都沒有準備，母親卻在這兒做無意義的工作。

母親憋在那兒抽泣，手裡的鋼鋸，似乎被竹竿鉗住無法起落。僵在這兒不是辦法，她得提醒母親一些。「夏叔叔幫助我們最多，爸爸去世後多虧他——」

「這還要妳說！」

「他今兒有要緊的事和我們商量……」

「什麼事？」母親猛地抽動鋸條，竹梢那一截跌落在沙灘上，隨意地滾一滾，便僵臥在一堆竹竿旁，母親騰出左手，指著她，氣嘟嘟地大叫：「說啊，妳說啊！」

風聲跟著叫嘯，竹林中葉片喁喁叨叨，蛙舌嘓嘓，蟬翅了了……孫稚蘭感到又焦急、又煩躁。她不想對母親說，事實上也說不出。夏叔叔早就安慰過她，一切不必擔心，任何難題都會解決——可是，難題來了：母親問她，她怎麼說？

能說要住在夏叔叔家，除了看店，還要照顧家務、管教孩子……說不出口，事實也和這個有很大出入。夏叔叔說，妳先住到這兒來，了解我的生活情形，就會同情我、憐憫我……

她不知道該憐憫誰？夏嬸嬸一年前去世，拋下了三個孩子，最小的才八個月，要撫養、要照顧。雖然請了一個保母，家中仍然亂得一團糟；她的工作是管理店內的帳目，必須照顧買賣，還要抽出空隙照顧夏家的二男一女。這算是哪門子會計？她該憐憫自己的名位不分，工作太繁。

而且，媽媽不讓她去夏家工作；不管他曾幫了孫家多大忙，待遇又是怎樣好。媽媽固執地堅持這意見，不要任何理由解釋。夏叔叔聽了這消息，鎖起雙眉，一直搖頭，連連說：「不明白，一點兒都不明白。」

她想，夏叔叔一定比較了解媽媽。在媽媽沒有嫁給爸爸之前就互相認識了。從談話的片段和爸媽吵嘴的當兒，可以半猜半想地體會到，如果不是意外的誤會，媽媽也許會和夏叔叔結婚……這已是多少年前的舊帳，重提沒有任何作用，而眼前的困難，卻找不出解決的辦法；怎樣才能打開這僵局呢？女兒拋掉一雙高跟鞋，撿起一段竹梢，敲擊著母親正在抽鋸的竹竿，柔柔地問：「夏叔叔會同意媽在這兒建屋？」

「他有什麼資格干涉我！」

「他會勸媽，說出很多大道理……」

「我不要聽。」

「可是，家裡發生的困難，愈來愈多，必須有夏叔叔這樣一個人，幫助我們——」

媽媽攔住話頭，連連地問：「妳說，什麼困難？妳說！」

稚蘭又敲擊竹竿，用「咚咚咚……」聲回答。她說不出，滿腹的心思和疑團，悶在肚裡，不能向神經兮兮的母親傾訴。現在，她確是希望夏叔叔能早點來這兒——但來了又怎麼樣，能解除心頭的困擾？眞不希望他來，能永遠不來最好。

矛盾，矛盾的世界藏不了她，媽媽知不知道這些？媽媽深深了解夏叔叔。媽說，他們是預備結婚的；可是，爲什麼又分開了呢？現在，夏叔叔如此待她，是爲了補償以往的罪愆，還是留戀美好的時光和回憶。

「媽該知道，颱風快來了，我們的家會淹水。」

「水會退啊。」

「屋子會倒坍下來。」

「所以我在這兒搶建。」母親又急遽地抽動鋸條。

女兒沒有理睬，一連串的訴說：「家中沒有自來水，沒有電，一切新的設備，我們都沒有。這種生活我過不下去！」

稚蘭已轉過身去，背對著母親；但鋸條拉動聲停息，可以想像到，母親正用驚詫的神情，上下打量她。從沒在母親面前說過這樣的話，尤其在父親去世之後，盡量委屈自己，絕不使母親傷心；母親該猜測不到她今天爲什麼會這樣說吧。

「妳要怎麼辦？」母親的聲調迷濛幽怨。

「我要離開這個家。」

「去哪兒？」

「不知道。」

近旁的聲息，彷彿都被蟬聲、竹葉絮叨聲吸收；遠處火車汽笛聲和鋼輪撞擊軌道聲，輾過原野、石橋、河床以及她的肢體。從骨節眼裡感到顫慄，她確是不知道自己爲什麼要這樣說。該等待夏叔叔來對母親解釋，一切的責任，也可以由夏叔叔承擔，但現在已把底牌揭穿，沒辦法再遮蓋那許多事實。

母親喃喃地咕嚕。「我知道，我老早就知道了……」

「媽知道什麼？」

又是一陣竹葉絮語，鋸條啃噬竹竿片刻後，就沒有聲息，接著便是斷斷續續的抽噎。

稚蘭感到慌急，惹起母親的感觸，該不是短時間能夠停止哭泣的。她忙岔開話題：

「客人一定等得不耐煩了，我們先回去吧！」

可是，母親出奇的冷靜。「妳們不要那個家，我也不要那個家了。」

「媽已同意和我們一道搬走？」

「去哪兒？」

「夏叔叔家——」

鋸條和竹竿同時跌落，稚蘭旋轉身，見母親已癱瘓在沙地上。她想不到這句話，對母親打擊會這樣大。三年來，夏叔叔在金錢和精神方面，都無限地支援他們，媽從來沒有反對過。夏叔叔照顧商店和自己的家已嫌分不開身，怎有多餘的時間、精力分配到偏僻的鄉村。夏家的三樓，全層都是空的，如果能住在一起，雙方都會覺得很方便。

稚蘭忙補充道：「我們住在那兒，有很大的自由；如認為不滿意，隨時可以搬回來。」

她聽到母親的喘息聲，內心似在作極劇烈的掙扎。蛙聲和淙淙水流聲呼應，稚蘭感到窒息不安。

媽媽柔弱地問：「我們住在那兒算什麼？」

「朋友，親戚——」

「什麼親戚！」

這可使她迷惑了。怎麼回答呢？到現在為止，還分不清夏叔叔如此的照顧他們家，是為了媽媽，還是……？

夏嬸嬸去世後，夏叔叔藉機會和媽媽接近，是想恢復往日的情感——過去他們究竟是怎樣相處，又是怎樣分開的呢？

可是，從任何角度猜測，看不出有那種趨勢；那麼，夏叔叔幫忙妳、照顧妳，處處為妳設想，是不是認定妳年幼無知，會感恩圖報，慢慢便鑽進圈套——敬佩他，羨慕他，由傾心而至相愛……？

稚蘭猛吃一驚，現在腦中確是經常想到夏叔叔。店中生意怎麼樣，孩子有沒有吃飽、睡熟，夏叔叔是不是又喝酒了……這些都與她無關，然而卻時時縈繞心頭，難道她已經陷入情感的深淵？

還沒求得正確的答案，十五歲的妹妹稚英，像一股濃煙似地衝下堤防，奔向她們身旁，大聲呼叫：

「媽媽，姐姐，快點回去，夏叔叔等得急死了。」

母親仍僵坐在沙地上，凝視喘息的稚英：「妳告訴夏叔叔，我不要回去。」

稚英驚異地望著姐姐：「妳呢？」

「我也不要回去！」

「我不懂，這是什麼話！」妹妹急得跺腳。「妳們都不回家，我怎麼對客人說啊！」
母親從思索中抬起頭，睜圓眼眶驚詫地說：「稚蘭，妳先回去吧！」
「不，我要和媽一起走。」
「爲什麼？」
「天快黑了，媽在河邊我不放心！」
稚英又焦躁地催促：「別儘嚕嗦了好不好？看，夏叔叔也跑來了。」
大家都把目光集中在長堤上。看到夏叔叔跟在弟弟稚忠身後，直向河邊晃來。
媽媽忙向稚英嘟嘴：「妳跑去告訴他們，不要來這兒，我不願見客人！」
「他是夏叔叔。」稚英表現出不服氣的神態。「不是什麼客人。」
「小孩子不要多嘴，快去告訴他們。」
稚英的鞋尖，在細沙中劃一道斜線，慢慢走向長堤。
母親把鋸了一半的竹竿抛在地上，沒有再鋸。現在彎腰拾掇長短不一的竹竿，像玩火柴棒似地，在沙地上擺成房子的形狀。
一根竹竿拖來，再用一根竹竿頂住末梢……母親傴著背吃力地工作，彷彿已忘記女兒站在一旁，等待解決難題。

稚蘭的雙腳，在沙地裡鑽動如泥鰍。她不忍心母親如此勞累，內心有好幾次衝動，要替母親搬運。可是，這動作有什麼意思？如果埋下去，埋得很深，也許會搭成一間竹屋，用布幔張蓋，可以供遊人或是漁夫在裡面作短時間的休息，絕對不能長久居住；母親怎會這樣想不開。

稚英已和夏叔叔在長堤上相遇了，從他們三人說話的神態，就可以看出是如何的不滿——現在大家都餓著肚子，不知是爲了什麼理由，也不知在等待什麼，大家當然會滿肚子不高興，看……稚英已氣嘟嘟獨自回家。

遠處火車的鋼輪呼嚕嚕地衝刺，稚蘭也感到有無法喘息的味道，她深深吸了一口氣，然後再徐徐吐出。柔聲問：「媽眞的不去夏叔叔家？」

「眞的不去。」

她思索了一會兒，又用鞋掌對擊，「如果我去呢？」

「妳爲什麼要去！」母親突地把一根竹竿，直豎在沙地上——很高，有她兩個人長。

回答不上，夏叔叔的話，仍緊緊撞擊她的心。昨天下午，她縮在櫃台後的帳桌旁結帳，夏叔叔不知是被陽光燻炙，還是帶有醉意，面龐紅暈暈的，一聲不響地坐在帳桌對面，怔怔地看著她。

她覺得有點不好意思，放下筆和算盤，懷疑地問：「有事嗎？」

頭向左右擺動，仍不言語。

稚蘭突地醒悟：「是不是帳算錯了？」

「沒有錯，妳沒有錯。」夏叔叔呢喃地低語。「錯……錯的是我——」

問題無法繼續談下去，店裡的顧客也多起來，她不得不上前應付顧客；而夏叔叔接著便邀她到外面吃飯，談重要問題。

談得很多，似乎也很徹底，夏叔叔答應把這結論告訴媽媽的；但媽媽固守沙灘，不肯見他，現在一定要由她說出那非說不可的話了。

她把鞋子拋得很遠，兩臂撐向身後輕鬆愜意地坐在軟沙上，裝成毫不在乎的樣子，掩飾內心的緊張和虛怯。「夏叔叔要我去幫他管家。」

「妳不是已經在管了嗎？」

「那是管店。」

「家怎麼管？」

「夏叔叔說……說……」

「他怎麼說啊？」

「他……他希……希望我能和他結……結婚……」

「卜碌禿」一聲，豎立的竹竿，猛摔在沙地，母親也跟著跌坐在沙堆。「妳已答應了他？」

從剎那間的表情，就可以知道母親受了極大的驚駭。這消息來得太突然，當時她也被嚇昏了，認為是聽錯，或者是夏叔叔說錯。但仔細分析，就知道夏叔叔三年來的幫助、關懷、體貼……是有濃濃的情感包圍著這個殘破的家。她們都認為是償報父親的情誼，誰知竟是看上她這黃毛小丫頭——父親去世時，她才十七歲，又瘦又乾，人人都說她是醜小鴨；三年之後，就有不少男孩子圍在身邊擠眉弄眼、說好聽的話了；最好笑的是她同班同學胡月梅的哥哥胡大為，不斷的糾纏著她，送禮物，邀她出遊，還請她到胡家的貿易行去當會計，她都拒絕了。這不但得罪了胡大為，連胡月梅也氣得不和她來往……

啊！稚蘭想到這兒，瞿然心驚。她拒絕胡大為一切善意的安排，原來是受了夏叔叔的影響，如果沒有夏叔叔的庇護，一定會接受胡大為的好意——他年輕、英俊、幹勁足、事業蓬蓬勃勃，確是理想的對象……這些都已過去了。她和夏家生活已膠溶在一起，無法分開，也不想分開。

但是，她不能和母親談心腹中的話，該探聽母親的意思怎樣。

她扭轉脖頸問：「媽，我該不該答應？」

「那是妳自己的事，我不管——」

「媽年紀大，知道得多；而且早已認識夏叔叔。」

母親仰望天空，久久不語，稚蘭也跟著凝視天邊那一粒粒星星，在彩色雲縫間擠眼。葉片和浪花的呢喃，輕微得有令人窒息的感覺。

稚蘭又鄭重地請求：「媽該給我一個意見做參考——」

「參考？」母親的目光從天際撤回，注視女兒面龐。「我應該告訴妳，夏雨書昨天還要我嫁……他……」

「天哪！」稚蘭猛地縱起身，聲調顫慄地問：「是昨天上午？」

「上午，沒有錯。」

「媽怎麼回答他？」

「我說，我除了妳爸爸之外，眼裡、心裡就不會再有第二個男人……」

「媽是沒有答應他？」

「這還要問。媽已有這大把年紀，而且，妳爸死了才幾天——」

「幾年！」女兒搶著更正。

「那還不是一樣。」母親長吁了一口氣。「想不到他會對妳說這些……？」

媽媽的話語低沉下去，似已無法聽清；但稚蘭已全部了解母親所想的、所做的——沒有答應夏叔叔的要求，才來這沙灘上建竹屋，媽是有資格住進夏叔叔的那漂亮的洋房的，而媽拒絕了。她的女兒卻想偷偷地搬了進去。不對，是光明正大的；但那又有什麼區別？她的情感一直潛藏在內心，隱瞞著別人，也隱瞞著自己——自己不敢想，更不敢承認那份祕密的願望。現在經母親說穿，便覺得全部錯了，全盤輸了。夏叔叔不是喜歡她，而是她的長相和媽媽一樣，走路像媽媽，說話的腔調像媽媽——夏叔叔說，妳笑起來的眉毛飛舞，和妳媽完全相同……夏叔叔的眼中、心中、腦中，這麼多年來，全是媽媽的形象；妳在他的生命裡，沒有絲毫地位。怎可以和夏叔叔長久生活下去？

那一定是夏叔叔氣憤的做法——好吧，母親既然如此執拗得不近情理，就直接向她的女兒求婚。想不到這年輕女孩子，用幾句話就擊敗了……

不過，她沒有被擊敗。突然之間，她果決地站了起來，急遽地把一雙腳塞進高跟鞋，大聲對媽媽說：「不管夏叔叔怎麼說，我總是聽媽的——」

「妳沒有答應他求……？」

「當然，我不會輕易回答這樣重大的問題。」女兒走到母親身旁，蹲下輕柔地補充說，「在沒有徵求媽同意之前，我不會胡亂做決定。」

「妳眞是個好女兒。」母親撫著女兒披長的髮絲，停了片刻。「妳還要搬到夏家去住？」

「不去了。」

「還要去工作？」

「我正在考慮，暫時——」

「還考慮個什麼呢？」母親皺皺眉頭。「胡月梅今兒又來了，她等妳的答覆。」等什麼答覆呢？胡月梅明知她在夏家商店工作，爲什麼不直接找她，卻要和母親商談。也許母親是支持胡月梅的意見，同意她去胡家工作，甚至希望她能嫁給胡大爲……這問題想得太遠，不切實際；最主要的是目前的困難，該如何解決。

夏叔叔和弟弟似乎已等得不耐煩，兩人抱著膝蓋蹲坐在長堤上；而媽媽在沙灘上，守住這些竹竿，堅持建屋——她突然明白了，媽媽是在逃避一項看不見的責任、恐懼或是安全和幸福。

她重行站立起來，拉著母親的手。「回去吧，天已很晚了。明天我會去找胡月梅談話的。」

「可是，可是，」母親掙扎了一會兒，終於跟著站起，右手舞動弓形鋼鋸。「我的竹屋呢？」

「媽願意建，就在空閒的時候慢慢地建吧！」女兒在沙灘上打了一個迴旋。「到了夏天，我們也許會在這兒賣冰水、賣冬瓜茶什麼的。」

母女二人向回家的路上走去時，夏叔叔和弟弟已站在長堤上，背對著竹林向她們招手。但蟬聲在葉片喁喁聲中，顯得特別嘹亮；暮色愈來愈濃，濃得分不清人體和竹竿的界限，只有拱架在河床上的水泥橋，像揮舞著的長臂，呼應著長堤上的人們。

——原載黎明版《蔡文甫自選集》

特載：

不凡的凡夫俗子蔡文甫

楊在宇

蔡文甫生長在動盪的大時代，一路歷經無數的橫逆與挫折，但他不畏挑戰，憑著過人的毅力與決心，終於在文壇闖出一片天。

一九二六年，蔡文甫出生在江蘇鹽城建陽鎮鄉下的一個小康農家，因為離縣城遠，六歲起在家中創設的私塾念書，後來家境吃緊，沒有能力聘老師，十二歲入建陽小學讀五年級，但時常繳不出學費；沒多久學校又因戰亂停課一年。也在那一年，他母親因病早逝。

一九四〇年，蔡文甫小學畢業，進入初中就讀，三十九天後共軍進入建陽鎮，學校宣布停課，他又被迫失學。

蔡文甫的大哥蔡天培原為鄉長，家鄉淪為日據後，改開磨坊生產麵粉。但是共軍入城後，曾是國民黨地方首長的蔡天培，不得不離家避難，並交由蔡文甫負責磨坊對外買賣與記帳等工作。當時才十五歲的蔡文甫，懵懂少年就開始學做生意，每天與店家老闆打交道、討價還價。

一九四五年抗戰勝利，蔡文甫隨大哥到上海，因為失學過久，考不上專科學校，只好進入「流亡失學青年揚州招致所」，但在這個臨時機構吃不飽也看不到未來。後來得知憲兵學校招生，公費又免學歷證明，他心想將來當雄糾糾、氣昂昂的憲兵也不錯，就去報考。

家人刻意栽培念書

考上前往報到後，才發現根本不是去入學，而是被編入補充連，接受新兵訓練，從二等兵做起。受騙上當再加上憲兵訓練極為嚴格，很多人做逃兵，被抓回來痛打；蔡文甫艱苦熬過為期十個月的訓練，被分發到江西的憲兵分隊執勤。

蔡文甫的大哥從小就刻意栽培他念書，無法接受他去江西當憲兵，就要他逃兵回江蘇再做安排。他一向敬重大哥，兄命難違，就留了一封請假信，在出勤時抓到機會跳上火車，所幸回江蘇的路上沒有遇到盤查。

一九四七年，蔡文甫考上江蘇省宜興縣户政人員訓練班，結業後分發至基層服務。安定沒多久，國軍在內戰中節節敗退，隔年四月南京失守，蔡文甫隨鎮公所自衛隊撤退，沿途後方都是砲聲，最後坐船至舟山群島駐守，被編入軍隊，擔任上士文書，也從此與父親及敬愛的大哥永別。

一九五〇年，蔡文甫隨軍撤退來台，考上陸軍無線電技術人員訓練班，隔年分發到空軍任職准尉。難得安定下來，他重拾書本自修，苦讀四年後於一九五五年高考及格。但是福禍相倚，同年他在軍中與安維人員發生衝突，雖然錯不在他，仍被判「隱匿非職務上持有之軍機」，處有期徒刑六個月，緩刑兩年。

一九五六年，三十歲的蔡文甫申請退伍，身上只有退伍金四百六十元，前途茫茫，不知何去何從。所幸他來台後因為愛好文藝，曾參加中國文藝協會小說研究班第二期，認識在中華文藝函授學校主持校務的同學盧克彰，經盧邀請進入函校工作。才過一年，函校撐不下去，蔡文甫又面臨失業的壓力。幸好曾經高考及格，擁有教師任用資格，他以前的老師介紹他到桃園大溪初中教書。一九五八年，蔡文甫轉往台北縣汐止中學任教，此後才告別自少年以來顛沛流離、際遇不順的生活。

雖然從少年蛻變至青年的過程艱辛備嘗，蔡文甫從未放棄閱讀與對文學的愛好。他來台的第一年，軍隊駐防在公賣局板橋酒廠，目睹酒廠女工來來去去的工作情形，就以「丁玉」為筆名寫了一篇〈希望〉，抱著姑且一試的心情投稿到《中華日報》副刊，竟然獲得刊載，對他產生極大的鼓舞。

創作擅長心理分析

蔡文甫說，「如果當初沒有這樣的鼓勵，我可能就不會走上文學這一條路。」後來參加「文協」寫作班，更是人生的轉捩點，不但因此培養寫作的習慣，正式步入文壇，後來進入《中華日報》任職，主編《華副》，開創九歌出版社，都是因緣際會，也結交了許多知心文友。

蔡文甫到汐中任教第一年，教的是放牛班，班上全部是留級生，但他循循善誘，表現優異，隔年就被聘為教務主任，這對沒有什麼教務經驗的他來說，又是一大考驗。但蔡文甫認真蒐集名校的教材、規章，進行教務改革，原本升學率甚低的汐止中學，經過三年竟有五十多人考取前三志願的高中。同一年，蔡文甫經文友楊思諶介紹，進入《中華日報》兼任特約記者，主跑汐止等五鄉鎮的新聞。

在忙碌的生活中，蔡文甫仍創作不斷，陸續出版《解凍的時候》、《女生宿舍》、《沒有觀眾的舞台》、《雨夜的月亮》等十餘部長短篇小說。他的作品無論在題材與技巧都力求創新、突破，擅長心理分析，在生活化的故事中，呈現人性善惡的衝突與微妙關係。直到一九七八年創辦九歌出版社才停筆。

但在白色恐怖時期，創作需要小心翼翼，一不小心就會踢到鐵板，即使是在黨報兼職的蔡文甫也差點遭受無妄之災。一九六六年，他在報上看到一則新聞，說一個農家的母豬生了十八隻小豬，但只有十二個奶頭，鄰家的母狗代為餵小豬。他覺得這個故事很溫馨有趣，就改寫成〈豬狗同盟〉，被刊登在《新文藝月刊》的「恭祝總統連任特輯」專欄。沒想到一篇單純的小說卻被人檢舉，說他故意諷刺蔣中正連任十八年，因此遭到全面安全調查，內心驚慌不已。還好經文友幫忙向有關單位說明，最終倖免於難。

一九七一年，《中華日報》社長楚崧秋請蔡文甫接編該報副刊。當時文壇人才濟濟，他自認資歷不足，起先加以婉拒，但受到楚崧秋的盛情感動，最後允諾接下重任。由於《中華日報》發行重心在南部，向名家約稿不易，而且向來走純文藝路線，範圍受限，但蔡文甫廣邀梁實秋、余光中、王鼎鈞、漢寶德等名家開闢專欄，並致力開發生活、家庭層面的題材，逐漸擴大了讀者群和影響力。

兩度獲副刊編輯金鼎獎

經過蔡文甫的努力經營，《華副》改頭換面，在文壇幾與兩大報平起平坐，還兩度獲得副刊編輯金鼎獎的肯定。他主編《華副》長達二十一年，一九九二年才從《中華日報》退休。也因為主編《華副》，蔡文甫累積相當的名望與人脈，在好友王鼎鈞的熱心鼓勵與支持下，於一九七八年創辦九歌出版社，實現他以文學為一生志業的願望。

蔡文甫說，創業維艱，九歌成立之初社址就是他的教員宿舍，而且是「半人出版社」，所有編輯發行等社務由他利用公餘時間處理。九歌推出的第一批書，包括夏元瑜《萬馬奔騰》、王鼎鈞《碎琉璃》、傅孝先《無花的園地》、葉慶炳《誰來看我》、楚茹翻譯《生命的智慧》以及蔡文甫自編的《閃亮的生命》等六本書，立刻轟動文壇。特別是《閃亮的生命》，報導十位殘而不廢的人如何不向命運屈服的奮鬥故事，感動台灣無數的人，得到金鼎獎的肯定，而且熱銷一時，奠定了九歌的基礎。

擁有最多文學獎得主的出版社

蔡文甫經營九歌，除了爭取名家，也感念當年初試啼聲即受到編輯青睞，因此特別著重開發與栽培新人作家，包括陳幸蕙、林清玄等多位後來享譽文壇的知名作者，第一本書都是在九歌出的；其中，林清玄的《紫色菩提》第一版就銷了超過二十萬冊。又如當年沒沒無聞的朱少麟，一九九六年寫了長達二十五萬字的《傷心咖啡店之歌》，投了多家出版社都被退稿，但蔡文甫慧眼獨具予以出版，之後叫好又叫座，書籍狂銷突破二十五萬本。

九歌成立至今三十一年，堅持文學道路，一直是擁有最多文學獎得主的出版社，獲獎早已破百，蔡文甫甚至主動幫作家申請各種文學獎，因為得獎不但能使作家、書籍價值倍增；獲獎獎金對收入不豐的作家來說，也有很大的幫助。

一九九二年，蔡文甫成立「九歌文教基金會」，開辦「小說寫作班」培育作家，舉辦「現代少兒文學獎」推廣兒童文學。最令人感動的是，只要有作家陷入生活困境，蔡文甫時常自掏腰包雪中送炭，而且每年都列名單推薦給行政院文建會申請急難補助，至今已超過七十人次。

為了擴大出版品類，蔡文甫後來又創設健行、天培，至今已發展為擁有三家出版社的事業體，出版品近二千種，擁有獨棟辦公室建築及兩棟書庫，庫存書超過百萬本。

二〇〇一年，蔡文甫在眾多好友鼓勵下出版自傳《天生的凡夫俗子》，在書中謙稱自己一生挫折連連，一路頂著逆風而行，只有六七分才能，藉由努力才勉強做七八分事。對於成為一位出版人，他則說，「是意外，是偶然，也是屬於命中順勢而為的志業。」二〇〇五年，蔡文甫因此榮獲金鼎獎特別成就獎的殊榮。

蔡文甫的事業已有三位女兒克紹箕裘，雖然年居八十三，他仍每天一早到國父紀念館運動後即至九歌上班，繼續為出版優質文學作品努力。

「天生的凡夫俗子」，靠著奮鬥不懈的精神，締造了不凡的成就，蔡文甫是許多後輩學習的典範。

——原載台北縣文化局二〇〇九年十二月出版《二十堂北縣文學課》

本文作者楊在宇先生，本名楊昇儒，現任「公益平台文化基金會」副執行長，東吳大學社會系畢業。曾任《聯合晚報》、《自由時報》、《新新聞周刊》等媒體資深記者。二〇〇九年十二月出版《二十堂北縣文學課》。

蔡文甫作品一覽表

書名	性質	原出版社	本社出版日期
解凍的時候	短篇小説	香港：東方文學社	二〇〇八年三月
女生宿舍	短篇小説	馬來西亞：曙光出版社	二〇〇八年十二月
沒有觀衆的舞台	短篇小説	台北：文星書店	一九八〇年七月
飄走的瓣式球	短篇小説	台中：光啓出版社	二〇〇九年三月
	曾改名為《愛的迴旋》		
雨夜的月亮	長篇小説	台北：皇冠出版社	二〇〇九年十一月
	英譯本	美國：詹姆士出版社	（一九九九年八月）
霧中雲霓	短篇小説	台北：仙人掌出版社	二〇一〇年五月
磁石女神	短篇小説	台北：廣文書局	一九八七年十月
玲玲的畫像	中篇小説	台北：世界文物出版社	一九八五年八月

移愛記	短篇小說	台北：學生書局	一九八四年七月
蔡文甫自選集	短篇小說	台北：黎明文化公司	一九七五年五月
舞　會	短篇小說	台北：華欣文化中心	一九七六年五月
變奏的戀曲	小小說	台北：源成文物供應中心	一九九一年十月
	（原名《變調的喇叭》）		
愛的泉源	長篇小說	台北：華欣文化中心	一九九五年四月
成長的故事	短篇小說．劇本	台北：九歌出版社	二〇一〇年三月
船夫和猴子	短篇小說選	台北：九歌出版社	一九九四年十一月
	英譯本	美國：詹姆士出版社	（一九九四年十一月）
	（本書改為中英對照，分為下列二冊）		
船夫和猴子	（中英對照）	台北：九歌出版社	二〇〇九年九月
小飯店裡的故事	（中英對照）	台北：九歌出版社	二〇〇九年十月
李冰鬥河神	兒童故事	台北：九歌出版社	二〇一〇年一月
火牛陣	兒童故事	台北：九歌出版社	二〇一〇年二月
	（上列二書是《中國名人故事》改編）		

天生的凡夫俗子——從0到9的九歌傳奇　傳記　台北：九歌出版社　二〇〇五年九月

閃亮的生命（編）　台北：九歌出版社　二〇〇八年三月

閃亮的生命散文選（編）　台北：九歌出版社　一九七八年十月

阿喜阿喜壞學生（編）兒童故事　台北：九歌出版社　一九八九年七月

找對醫生看對病（編）醫學常識（與丁華華合編）　台北：健行出版社　一九九四年六月

F1047 台灣觀點：書話東西文學地圖（評論） 李奭學著 270元
F1048 管簫二重奏：禪意畫情（新詩） 管管、蕭蕭著 200元
F1049 春光關不住（小說） 張瀛太著 210元
F1050 好兒女花（小說） 虹　影著 350元
F1051 門內的父親（散文） 徐嘉澤著 230元
F1052 憶春臺舊友（散文） 彭　歌著 200元
F1053 親愛練習（小說） 張耀仁著 280元
F1054 司馬中原鬼靈經（散文） 司馬中原著 250元
F1055 人間異色之感官胡亂推理事件簿（小說） 成英姝著 280元
F1056 九十八年散文選（散文） 張曼娟編 360元
F1057 九十八年小說選（小說） 駱以軍編 320元
F1058 愛如一矩之火（散文） 李惠綿著 260元
F1059 心美，一切皆美（散文）——心的菩提 林清玄著 250元
F1060 孩子，我想說的是……（散文）——書煒媽咪寫給寶貝愛的 40 林書煒著 300元
F1061 天使的微光（散文）——一個女醫師的行醫記事 林育靖著 240元
F1062 蘭花辭（散文） 周芬伶著 250元
F1063 花甲男孩（小說） 楊富閔著 250元
F1064 我看日本文化精神（散文）——有感人生 賴東明著 260元
F1065 虎尾溪的浮光（散文） 古蒙仁著 220元
F1066 北港香爐人人插（小說） 李　昂著 260元

◎定價如有調整，請以各該書新版版權頁定價為準。
◎購書方法：
- 單冊郵購八五折，大量訂購，另有優待辦法。
- 如以信用卡購書，請電（或傳真 02-25789205）索信用卡購書單。
- 網路訂購：九歌文學網：www.chiuko.com.tw
- 郵政劃撥：0112295-1　九歌出版社有限公司
- 電洽客服部：02-25776564 分機 9

F⑩⑰	西洋文學關鍵閱讀（散文）	謝鵬雄著	250 元
F⑩⑱	月光照不回的路（散文）	辛金順著	210 元
F⑩⑲	燕尾與馬背的燦爛時光（新詩）	歐陽燕柏著	180 元
F⑩⑳	閃亮的生命（散文） ——10 個不向命運屈服的故事	蔡文甫編	230 元
F1021	創造奇蹟的人：閃亮的生命 2（散文）	蔡澤松編	240 元
F1022	九歌繞樑 30 年（社史） ——見證台灣文學 1978～2008	汪淑珍著	200 元
F1023	詩歌天保（評論） ——余光中教授八十壽慶專集	蘇其康編	360 元
F1024	30 年後的世界（散文）	封德屏編	240 元
F1025	在夜雨中素描（新詩）	王　丹著	200 元
F1026	追求成長的十堂課（散文）	朱　炎著	210 元
F1027	小林的桃花源（小說）	康芸薇著	230 元
F1028	公務員快意人生（散文）	王壽來著	230 元
F1029	流動的美感（散文）	黃光男著	260 元
F1030	跣足舞者（新詩） ——綸音	張菱舲著	230 元
F1031	天使補習班（散文）	游乾桂著	250 元
F1032	青春一條街（散文）	周芬伶著	240 元
F1033	九十七年散文選（散文）	周芬伶編	350 元
F1034	九十七年小說選（小說）	季　季編	300 元
F1035	先說愛的人，怎麼可以先放手（散文）	廖輝英著	240 元
F1036	等待（散文）	何寄澎著	250 元
F1037	或許，與愛無關（小說）	袁瓊瓊著	250 元
F1038	邊界（新詩）	陳義芝著	230 元
F1039	收藏的雅趣（散文）	漢寶德著	320 元
F1040	在矽谷喝 Java 咖啡（散文）	陳漢平著	250 元
F1041	弄堂裡的白馬（附朗讀 CD）（小說）	王安憶著	260 元
F1042	我這溫柔的廚娘（散文）	虹　影著	250 元
F1043	推拿（小說）	畢飛宇著	280 元
F1044	一束樂音（新詩） ——語蕊	張菱舲著	280 元
F1045	司馬中原笑談人生（散文）	司馬中原著	240 元

九歌最新叢書

F789 平原（小說）	畢飛宇著	320 元
F790 自由的翅膀（散文）	龔鵬程著	220 元
F791 王丹看美國的人文與自由（散文）	王　丹著	220 元
F792 獨釣空濛（新詩）	張　默著	350 元
F793 巧婦（小說）	南　郭著	280 元
F794 斷掌順娘（小說）	彭小妍著	200 元
F795 穿過一樹的夜光（散文）	楊錦郁著	200 元
F796 熊兒悄聲對我說（小說）	張瀛太著	220 元
F797 張愛玲的文字世界（散文）	劉紹銘著	230 元
F798 人生的探索與選擇（散文）	孫　震著	260 元
F799 跳舞男女：我的幸福學校（散文）	邱坤良著	320 元
F800 戀戀九號宿舍（散文）	羅文森著	250 元
F1001 師友·文章（散文）	吳魯芹著	250 元
F1002 火鳳燎原的午後（散文）	陳大為著	200 元
F1003 沉靜的老虎（新詩）	虹　影著	200 元
F1004 尋回失落的美感（散文）	韓　秀著	240 元
F1005 幕永不落下（附有聲書）（散文）	李家同著	（平）280 元 （精）350 元
F1006 我這人話多：導演講故事（散文）	王正方著	230 元
F1007 李順大造屋（小說）	高曉聲著	280 元
F1008 除了野薑花，沒人在家（新詩）	李進文著	250 元
F1009 我將如何記憶你（散文）	宇文正著	220 元
F1010 九十六年散文選（散文）	林文義編	380 元
F1011 九十六年小說選（小說）	李　昂編	250 元
F1012 天繭（新詩）	張菱舲著	220 元
F1013 花朵的究竟（散文）	硯　香著	300 元
F1014 書話中國與世界小說（評論）	李奭學著	250 元
F1015 舞女生涯原是夢（小說）	鍾　虹著	260 元
F1016 在歐洲天空下（散文） ——旅歐華文作家文選	丘彥明編	260 元

蔡文甫作品集⑥

霧中雲霓

著　　者：蔡　文　甫
發 行 人：蔡　文　甫
發 行 所：九歌出版社有限公司
臺北市八德路3段12巷57弄40號
電話／02-25776564・傳眞／02-25789205
郵政劃撥／0112295-1
九歌文學網：www.chiuko.com.tw
登 記 證：行政院新聞局局版臺業字第1738號
印 刷 所：崇寶印刷有限公司
法律顧問：龍躍天律師・蕭雄淋律師・董安丹律師
初　　版：1981（民國70）年3月10日
重排新版：2010（民國99）年5月10日
（本書曾於民國五十八年由仙人掌出版社印行）

定　價：280元

ISBN：978-957-444-662-9　　Printed in Taiwan

國家圖書館出版品預行編目資料

霧中雲霓／蔡文甫著. — 重排新版.
--臺北市：九歌， 民99.05
面； 公分. —（蔡文甫作品集；6）

ISBN 978-957-444-662-9（平裝）

857.63 99001325